瘋狂為皮，創意為骨，
溫暖為心的童話。
——亞平，兒童文學作家

我最喜歡**阿德**，
因為他幽默風趣。
——紘雋，10歲

很久沒有讀過這麼可愛，
妙不可言的故事。
——舒曼，讀者

我最喜歡阿德和小柳，
他們兩個是**超級好朋友**。
——Nana，9歲

真正的天才。
——路易‧史托威爾，作家

我最喜歡的角色是英格麗，
因為她瘋癲的個性，
讓瘋狂森林變得**更瘋狂了**！
——品妍，小學生

噢，你們太
可愛啦！

歡迎光臨
瘋狂森林

臭臭怪獸
入侵！

 作繪 **納迪亞‧希琳**

譯者 **周怡伶**

哈囉！蹦啾！歐拉！
好堵又堵！薩拉姆！
南無斯特！ *註

我是小不點艾瑞克。

我聽到有人大叫：這個帥哥是誰呀？

*分別為英國、法國、西班牙、美國、阿拉伯和
印度的招呼語

114

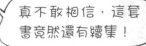

真不敢相信，這套
書竟然還有續集！

我是一隻鼠婦，是個公車司機，熱愛打羽毛球，最重要的是，我是你最忠實的夥伴和導遊。**你好嗎？**我剛剛度假回來喔！這次旅行太棒了，上山下海！我去了⋯⋯呃，其實我不太清楚。我被包在一個行李箱裡，裡面全都是拖鞋。**到處都是黑漆漆的。**

不管怎樣，還是開心起來吧！因為**我們終於又回到瘋狂森林嘍！**可以看書、可以聽故事，幼小的心靈就要起飛啦。太令人興奮了，是不是啊？（回答「是」就好。）

主演

阿德

　　一隻可愛的小狐狸。他生長在城市，認為瘋狂森林每樣東西都很讚。興趣是演戲、聞花香，所有感覺很棒的事物他都愛。

小蘭

　　阿德的姐姐。擅長在城市求生，認為瘋狂森林完全是個亂七八糟的地方。她喜歡喝咖啡、嚎叫，還有照顧阿德。

小柳

　　蹦蹦跳跳、有點衝動的兔子。她很熱心又活力滿滿，但是如果你說她長得很可愛，她會把你的臉揍扁喔！

戴德斯

　　瘋狂森林的市長，一隻善良的老公鹿。擅長烘焙，觀賞跟海豚有關的灑狗血電影時會哭。他希望大家相處時一團和氣。

英格麗

外表光鮮亮麗的鴨子，以前是電影明星。她擁有一家全球連鎖的豪華旅館，但是目前住在一堆老舊的超市購物車上。

法蘭克

脾氣不太好的貓頭鷹，不過私底下他滿喜歡大家的。他的眉毛又粗又濃，晚上會閱讀很難懂的長篇小說，還有聽爵士樂。

夏倫

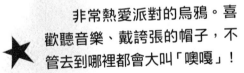
非常熱愛派對的烏鴉。喜歡聽音樂、戴誇張的帽子，不管去到哪裡都會大叫「噢嘎」！

晃頭

有一副好心腸的鼬獾，總是會關心照顧他的朋友。他開車技術很爛，不過大部分鼬獾都是這樣。

夏倫，歡樂的烏鴉

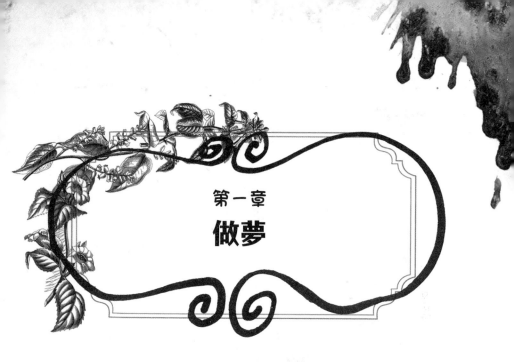

第一章
做夢

　　深夜的瘋狂森林，樹葉在月光下閃著銀光。四面八方安安靜靜。

　　「**噢嘎、噢嘎、噢～～～嘎！**」趴踢烏鴉夏倫大叫。她搖搖晃晃飛進森林，一路灑落亮片。

　　「夏倫，你去哪裡了？」有一隻蚯蚓好奇問。

「女生的告別單身派對啊，」夏倫一邊說，一邊摘下假睫毛。「**超好玩的！我下了一顆好大的蛋。**」

「這麼棒呀。」那隻蚯蚓說。

大呼小叫的夏倫回到瘋狂森林，引起一陣騷動，本來熟睡的動物，紛紛醒來。

「呼、呼、呼！」有隻貓頭鷹說。

「啾、啾！」有一隻小麻雀說。

「嘓！」有一隻奇怪的青蛙說。

「耶！吃香蕉嘍！」有一隻螞蟻剛剛找到一根香蕉。

「安靜啦！」另一隻脾氣比較不好的貓頭鷹說，「有些人還要睡覺呢！」

那隻脾氣不好的貓頭鷹叫做法蘭克，他剛剛做了一個美夢，夢裡他找到一張非常稀有的

10

唱片，是傳奇爵士樂手貢佐・麥克道格演奏的。
「這張算你免費喔！」唱片行老闆說，「其實，你可以把這些昂貴的唱片全都拿走啦，全部免費！今天是你的幸運日。呼、呼！」

「噢，哇！今天是我人生中最快樂的一天！」法蘭克說。然而，現實中真正的貓頭鷹「呼呼」叫聲，卻把他吵醒了。原來剛剛只是在做夢，法蘭克非常懊惱。

公鹿戴德斯做的夢是，他終於獲得一年一度「瘋狂森林果醬製作大賽」冠軍。他每年都參

加，但是每次都輸給一隻當地的海狸拉瓊斯。戴德斯夢見自己跟首席評審瘋狂森林市長握手，當胸前別上一枚金色玫瑰獎章，他笑得好開心。其實，戴德斯本人就是瘋狂森林市長，不過，既然是在做夢，這就不重要了。

「我深感榮耀！」戴德斯說。

「您的果醬真是絕頂美味。」另一個戴德斯說。

接著戴德斯張開嘴，舔舔罐子裡的果醬，但

是舌頭卻愈伸愈長。突然，另一個戴德斯變成他的國中地理老師。夢境變得這麼奇怪，這不是很討厭嗎？

小柳是一隻非常可愛的兔子，這時候她正在兔兔村的兔子窩裡睡覺，這片兔子地洞裡還住了她的 153 隻兄弟姐妹。瘋狂森林裡的兔兔村，完完全全被~~乳牛~~兔子給占據了。

「接招吧！我射、我射、**我射射射！**」

小柳的夢境中，她是一隻巨大的機器兔子，在「大城」的街道上重重踩踏，雙眼射出雷射光，射擊車子、垃圾桶、外星人等等東西。

鼬獾晃頭則是睡得鼾聲大作，打呼聲跟他四個兄弟莫第、傑若米、傑洛米、傑諾米一樣大聲。他夢到自己在一個大型的自助式吃到飽早餐店埋頭猛吃。

　　「嗯嗯嗯……」他流著口水說，「蛋、香腸、燉豆子、培根、吐司、蘑菇、番茄、薯條、薯餅、洋蔥圈，再加一個漢堡。噢，還有草莓奶昔，耶！」他伸手拿番茄醬一擠，噗！一大坨番茄醬噴得到處都是，不只噴到所有食物、還有他的頭，甚至噴到整個房間都滿起來了！他在番茄醬裡游泳。

夢境真是奇奇怪怪，對不對？

在「小池塘」混濁的水中，有一個超市推車堆起來的島。鴨子英格麗浮在她的島上，表情高貴莊嚴。她和她的丈夫查爾斯‧佛瑟林格爵士，頭上戴著絲質眼罩、腳上穿著毛茸茸的拖鞋，圖案都是成套的。

　　英格麗做的夢是她最喜歡的。她夢到自己在一個浮誇高調的頒獎典禮，高高的停棲在舞台上方，沒有人看得見她。正下方是她最大的對手唐

蜜蜜，這隻年輕鴨子很討厭，她有一雙大眼睛以及閃亮的金色羽毛。唐蜜蜜奪走英格麗所有的演出角色，現在她獲得最佳女主角獎，這真的是太荒謬了。

「我要謝謝主辦單位頒給我這個獎，」唐蜜蜜說，「還有那些又老又悲哀的鴨子，例如英格麗。如果不是她們先走出一條路，我不會在這裡。對，就是我！」英格麗很憤怒，於是迅速又準確的猛撲到唐蜜蜜的頭上。唐蜜蜜尖叫，觀眾驚呼，英格麗在睡夢中咯咯笑。

老鷹潘蜜拉沒有做夢，因為她不睡覺的。「沒用的傢伙才睡覺！」她會叫道，「你們這些可悲的傢伙在睡覺時，我用我的監視攝影機監控著可疑活動。」

潘蜜拉的鳥巢堆滿了舊電腦、手機、電線，在一個高壓電塔的頂端，大家叫它「神奇塔」。神奇塔會發出奇怪的嗞嗞聲，潘蜜拉也是。

「噢嘎！」這個神祕的聲音傳過來。不過其實也不神祕啦，因為我們都知道，只有趴踢烏鴉夏倫才會大叫「噢嘎」。

夏倫現在跟潘蜜拉住在一起。她們是最好的朋友，甚至還一起主持廣播節目，而且你知道嗎，那個節目還很紅呢！

警告你，潘蜜拉有時候會把人家的頭咬掉。我知道，這很可怕，**但大自然就是殘酷的。**前幾天就有一隻蝴蝶，竟敢取笑我的帽子。

看起來真的很醜嘛。

　　瘋狂森林裡的狐狸窩，以前有好一段時間是空著的，但現在是阿德和小蘭的家。阿德和小蘭是一對活蹦亂跳的小狐狸，他們是從「大城」搬過來的。

　　阿德抱著心愛的拖鞋，蜷縮在窩裡睡覺。他夢見自己在幾千個尖叫的粉絲面前彈吉他，感覺真棒。

　　「嗨，大家好！下一首歌獻給所有的小兔子……」

　　阿德張開嘴巴唱歌。不過，他忘記歌詞了，所以他現場即興編出歌詞，大家都沒發現有什麼不對。

18

啦啦啦——
我愛草莓果醬
你來看看月亮
噢，耶，寶貝！

　　聽眾好像發瘋了一樣，開始一起喊著：「阿德、阿德、阿德、阿德！」

　　然後，聽眾怎麼好像在拍他的臉，大叫：「喂！阿德、阿德！醒醒啊！」。他睜開眼睛，發現是姐姐小蘭在拍他的臉。

　　「噢，討厭！」阿德還沒完全睡醒，「原來只是個夢啊！唉。」

他揉揉眼睛，伸伸懶腰。

完全睜開眼睛時，發現這時候還是晚上，小蘭在窩裡走來走去，看起來很擔心。

「姐姐，什麼事啊？」阿德問。「為什麼把我叫醒？」

小蘭心虛的看著自己的腳掌。

「你又做了奇怪的夢嗎？」阿德溫柔的問。

小蘭點點頭。

「對啊。我要你幫我寫下來，免得等一下我就忘記了。你比我會寫字啊。」

阿德伸手到枕頭下，拿出鉛筆和筆記本。小蘭最近做了很多奇怪的夢。法蘭克跟她說可以寫下來，看看這些夢是不是要告訴她什麼。

「好，你記得什麼？」阿德說。

小蘭在自己的床上蜷起身體。

「奇怪的聲音，窸窸窣窣的。然後是刺耳的鳥叫聲。」

阿德寫下來。

「有人在吹口哨，好像是一首曲子。」小蘭繼續說。

「噢！是什麼曲子？」提到音樂，阿德的耳朵都豎起來了。

小蘭皺眉。

「我不記得了……啊，這真的好煩，我快抓狂了！」

她開始嚎叫，還猛打自己的頭。

「噢，小蘭！不要這樣！」阿德說，「你這樣我頭也開始痛了。」

小蘭皺眉。她和阿德在大城長大，他們沒有爸爸、媽媽。他們不知道爸媽怎麼了，這完全是一團謎。小蘭個性非常堅強，她很會照顧弟弟。但是，今天她一點也不堅強。

「好了，」阿德溫柔的說，「快天亮了。我

們去找戴德斯。你需要喝杯咖啡。我呢，想要吃個甜甜圈。」

有趣的知識！我以前住過甜甜圈，在裡面住了五個禮拜呢！那真是我生命中最快樂的時光，我可以把過程告訴你，不用收錢。

第二章
下廚

阿德和小蘭來到戴德斯的露營車，這時候剛好天亮。露營車外面有一張大木桌，桌上放了幾個插滿野花的果醬罐。四周有椅子，還有看起來很友善的樹幹凳子，因為戴德斯很愛客人來訪。

阿德拍拍門。

「戴德斯！」他大聲叫，「你醒了嗎？」

沒有回答。

「我來叫醒他。」小柳說。她是阿德最好的朋友。

「你從哪冒出來的啊？」小蘭咕噥著。

「噢，我已經起床**很久了！**」小柳咧嘴一笑，「我已經讀了五本書、游了個泳，蓋了一個衣櫃，還學了怎麼玩滑板。現在我來這裡幫忙戴德斯烤蛋糕。」

小蘭搖搖頭。

「小兔子，你太誇張了。」

「**我好得很！**」小柳說。她握緊小小的手掌，碰的一拳就打開戴德斯的露營車門。

他們看到一床花棉被，下面有一坨毛茸茸的東西正在打呼，還有一對超大鹿角。顯然，這坨東西就是戴德斯。他正在說夢話。

「嘶……呼……嘶……呼……噢，再來一杯，謝謝牧師……嘶……呼……噢，這是大吉嶺嗎？味道真好呀。喔，是的，這隻茶壺確實是古董……」

小柳翻了個白眼。

「他又夢到果醬大賽了，那是他最喜歡的一個夢。」

小柳走到戴德斯的冰箱邊，拿出兩片起司，然後跳上他的床。

「**醒來，醒來！**」小柳一邊大喊，一邊在可憐的戴德斯身上跳上跳下，用起司拍他的臉。**「起床啦！」**

「嗯嗯——啊！」戴德斯大叫，突然坐直起來。他眨眨眼、來回甩甩鼻子，這才看到小柳跟起司片。

「噢，美味呀，在床上吃早餐！謝謝你，小柳！你好體貼。」

戴德斯伸出舌頭輕輕把起司片塞進嘴裡。

幾分鐘之後，大家都坐在戴德斯的餐桌邊。小蘭給自己倒了一杯濃黑咖啡，阿德和小柳開心享受著「大鹿角精力湯」。

哈囉！你記得嗎：「大鹿角精力湯」是戴德斯製作的美味果菜汁。天曉得他到底在裡面放了些什麼。**我想，最好還是不要問。**

戴德斯戴著主廚帽和圍裙，把碗和湯匙放到桌上。「真不敢相信我竟然睡過頭了！」他說。「尤其是今天！我要烤一個有史以來最棒的婚禮蛋糕！」

有兩隻松鼠，羅密歐與茱麗葉，即將舉行盛

大婚禮。好幾週以來，瘋狂森林都在忙著準備。羅密歐來自瘋狂森林，茱麗葉來自閃光森林，那裡很漂亮，就在瘋狂森林旁邊。

　　以前這兩個地方之間隔著「絕望沼澤」。後來，有一隻很愛掌握權力的狐狸，銀狐薩貝勳，想要把瘋狂森林變成停車場之類的，大家把他趕走之後，瘋狂森林和閃光森林就聯合起來了。

這個過程可以在另一本書
裡看到，不是這本書喔。
但是我不記得那本書的名字了。
絕對不是《小不點艾瑞克的故事》，
不過這本書我想大家一定都很
期待吧。

　　總之，羅密歐和茱麗葉要結婚，鴨子英格麗
一直呱呱叫，她說這是個很糟糕的點子。

　　「你們真是一堆土包子。大家都知道，莎士
比亞那齣很有名的戲《羅密歐與茱麗葉》，難道
你們沒聽過嗎？」她叫著。

　　英格麗的老公查爾斯爵士鼓起羽毛。

　　「親愛的，恐怕這些烏合之眾對戲劇是一無
所知啊。」他嘆了一口氣。

「咦，其實我看過那部電影，」小柳想湊一句，「蠻好看的。有打架還有飛車追逐等等。」

英格麗和查爾斯渾身發抖。

「現在的電影哪比得上以前。」英格麗輕蔑的說。她知道自己在說什麼，因為英格麗以前是個成功的電影明星，而且還是政府祕密聘用的極機密間諜，她在全球各地擁有好幾家旅館。

我知道，這些聽起來不太像是一隻鴨子會做的事。但是，你什麼時候真的坐下來跟一隻鴨子講過話了？我是說**真的講話**——跟一隻鴨子？他們其實比你想的還要厲害哦。

「反正啊，」英格麗繼續說，「那齣戲的最後，羅密歐與茱麗葉的下場很悲慘。」

「呃，你這樣透露劇情了啦，」小柳調整了一下她的廚師圍裙。「反正啊，那並不表示松鼠羅密歐與茱麗葉也會這麼糟吧？」

小蘭翻了個白眼。

「這裡所有事情最後都會亂七八糟，」她嘲笑，「看不出來一場松鼠的婚禮會有什麼不同。」

這時候，戴德斯在數蛋。

「怎麼有這麼多蛋？還堆成塔，有這個必要嗎？」小蘭說。

「嗯……這個嘛……只是好玩！」戴德斯說。他小心翼翼的把蛋一顆疊著一顆，腳蹄都

在發抖了。

「我找到麵粉了!」小柳一邊大喊,一邊把兩大包麵粉丟到桌上,結果把戴德斯的「蛋塔」弄倒了。

「啊!完蛋了!」他大叫。

就在這時候,我們必須謝謝鼬獾晃頭,因為他在戴德斯的桌子底下打盹,毛毛的大肚子剛好接住大部分的蛋。

「救命啊,救命啊!我被蛋給埋住了!」晃頭大喊。

小蘭和阿德把晃頭從桌子底下挖出來。有些蛋已經破了,蛋液流到晃頭身上,阿德舀起黃色的蛋汁放回攪拌盆中。

「我想這應該不會怎麼樣啦。」戴德斯嘆了一口氣,從攪拌盆中撿出一些鼬獾的毛。

這時傳來一陣嗶嗶聲,有一個閃著光的奇怪機器人自己滑行過來。這個機器人還大聲播放著

咚一咚一咚一咚的音樂節奏。

「**噢嘎！噢嘎！**讓開，『鋼輪大王』要過來了！」機器人說。

其實那並不是機器人，而是趴踢烏鴉夏倫，她戴著太陽眼鏡和一頂銀色安全帽，坐在一台掛著聖誕燈泡的購物推車上，車上的標誌寫著「夏倫的移動迪斯可」。

「噢嘎！明天的結婚典禮，是我當 DJ 喔！喲呼！」

夏倫跟著**咚－咚－咚－咚**的節奏聲，搖頭晃腦。

小柳開始跳舞狂歡，一邊大喊一邊抓起麵粉來丟，弄得白白的粉末到處飛。

「嗯，好吃！」阿德往嘴裡塞了一坨金黃色的糖漿，剩下的才讓它慢慢流進攪拌盆裡。

小柳對著阿德丟麵粉。「**食物大戰！**」她大吼著。

小柳和阿德毫不手軟，抓起製作蛋糕的材料，丟向對方。

「不要丟蛋啊！」戴德斯說，「什麼都可以丟，就是不能丟蛋啊！」被搞得分心的戴德斯也拿了一顆棉花糖丟向小柳。

「不是要做烘焙嗎？」貓頭鷹法蘭克不知道從哪裡突然飛下來。他每次都這樣。

「是啊，不是要為松鼠婚禮烤蛋糕嗎？」小蘭嘟嚷著。

「噢，對了，我剛剛從閃光森林過來，」法蘭克說，「大家都很興奮。如果要我說，他們是有點興奮過頭了。」

他看看小蘭，小蘭皺著眉頭，比平常更煩悶的樣子。

「我們來喝杯咖啡吧？」法蘭克打了個呵欠，伸展翅膀。

「你能相信嗎？為了這場蠢婚禮，我們不能練習跳樹！」小蘭氣呼呼說，並且倒了一杯黑咖啡給法蘭克。再過幾天，瘋狂森林跟閃光森林跳樹隊要舉行一場比賽，跳樹隊必須加緊練習，讓動作更熟練才行。

「就是說嘛，實在太糟了。但是，我們怎麼能阻擋真愛呢？」法蘭克說。「好啦。你要不要告訴我，你到底在煩什麼？」法蘭克一邊說、一

邊仔細檢查他的爪子。「你有心事，我一看就知道。」

小蘭皺著眉頭，咬著拳頭。她還是得盡量去習慣「說出自己的感受」，而不是「吃掉垃圾桶裡的雞翅。」

「記得我跟你說的那些夢嗎？」她說。

法蘭克點點頭。

「昨晚我又做了那種夢。是惡夢。阿德把我記得的部分寫下來了。我們在想，你的朋友是不是可以幫忙。」

「哪個朋友？」法蘭克問。

「就是閃光森林的鴿子醫師啊。」小蘭說。

「噢，可汗醫師嗎？」法蘭克說，「好的，我們可以去找他。他一定會在圖書館。」

小蘭發抖。

「我不喜歡那裡。」她嘟噥著。

「我知道你不喜歡，」法蘭克說，「但是，

那是因為，你曾經被一隻瘋狂追逐權力的狐狸，關在那裡的祕密監獄。那種事不會再發生了。」

一說完，法蘭克立刻就被烘焙用的泡打粉擊中鳥喙。

「那好，」小蘭說，「走，阿德！我們去圖書館。」

「太棒了！」小柳說著，迅速脫掉圍裙，伸出舌頭把黏在毛上的蛋糕糊舔乾淨。

「小兔子，我可沒邀你。」小蘭板著臉說，但小柳完全不理她。

阿德和小柳在食物大戰時，戴德斯竟然還能把五個蛋糕送進烤箱。他現在縮在地上，輕輕的哭泣。

「戴德斯，你還好嗎？」阿德問，「真抱歉我們剛剛用那些烤蛋糕的材料打仗。我們會收拾乾淨的。」

「噢，小男孩，不是因為那樣啦，」戴德斯

抽抽鼻子。「我是感動得哭了！每次烘焙的時候，我都會有點想哭。我實在太擅長、太擅長烘焙了。」

「什麼跟什麼，真的是會被你**氣瘋**。」小蘭翻了個白眼。

「我烤的不是**戚風**，是海綿蛋糕！」戴德斯用哭音說。

這一切似乎都很正常。
請繼續看下去。

第三章
閱讀

阿德、小蘭、小柳大踏步穿過瘋狂森林。法蘭克在他們前面滑翔帶路。小柳一邊走一邊唱著快樂的歌曲。

喂喲、喂喲、喂喂喲！
看我唱歌有多溜！
喂喲、喂喲、喂喂喲！
開心唱我最愛的——哎喲！

41

小蘭往小柳頭上丟了一顆馬栗。

「閉上你的臭蛋糕嘴，唱得我耳朵都在痛了！」小蘭說。

阿德看著小柳，握著她的手輕捏一下。

「對不起啦，」他小聲說，「我想小蘭有點緊張。因為做夢夢到的那些。」

小柳氣嘟嘟的，揉揉她那可愛的鼻子。

「哼，希望那個醫生可以開一些藥給她吃，治好她那個討人厭的壞脾氣！」小柳說。

這時候，他們走到絕望沼澤的邊緣。那地方滿是泥巴又臭氣沖天，多年來幾乎無法通過。但是，閃光森林的好市長松鼠麥塔維，請河狸在沼澤上建造了一座木頭橋，現在動物們

都能輕鬆愉快的在這個沼澤上來來回回，真的是非常有用。

阿德聞聞空氣。

「小柳，」他說，「你最近有吃『宇宙小球』嗎？」

「沒有！怎麼了，你有帶嗎？」小柳問，同時轉頭四處看看，附近是不是有這種她最喜歡的零食。

「不是啦，我聞到一種很臭的味道，」阿德捏著鼻子說。「我以為是從你的屁股放出來的。你也知道每次吃了『宇宙小球』之後會怎麼樣吧。」

瘋狂森林
閃光森林

小柳揚起鼻子，抽動了幾下。

「不是喔⋯⋯那不是我放出來的味道喔。」她說。

「哎呀，你抽鼻子的樣子，看起來好可愛喔。」阿德說。

「**你說什麼！**」小柳大叫。

她衝向阿德，把他撲倒在地。「我跟你說過一次，那一次就表示幾百萬次：**不要說我可愛！**」

「唔！」阿德說。這個聲音表示「對不起」，不過是因為有一隻生氣的兔子趴在他的臉上，所以很難分辨。

「我也聞到一股怪味道。」小蘭說。她不管身旁兩隻毛小孩撲成一團，繼續說，「不是沼澤發出來的那種臭味。而是⋯⋯另外一種臭味。」

她看看四周，注意到一樣東西。

「嗨呀！」有一隻蚯蚓說。

不是，不是蚯蚓。是別的。

是一個巨大的腳印。「喂，你們兩個，不要再鬧了，過來看看這個。」小蘭說。

阿德和小柳滾了過來。

「哇，好大呀！」」小柳說。

那是腳嗎？還是掌？還是蹄？是一張巴黎夜景明信片嗎？真的很難分辨。

「這裡還有另一個！」阿德說，「還有一個！」

腳印一路經過絕望沼澤，進入很少有動物涉足的瘋狂森林深處。那股奇怪的味道也愈來愈濃重。

「可能是一隻**臭怪獸**喔！」小柳叫著，眼睛愈睜愈大，「可能是⋯⋯**大腳怪！**」

「什麼！」阿德突然覺得有點站不穩了。

法蘭克飛下來看看到底怎麼回事。

「啊，可能只是哪隻鼬獾經過。來吧，我們繼續走。」法蘭克說。

小蘭把弟弟拖過來。

「走啦，你聽到了吧。我們要去圖書館，我

可不要卡在這裡，就為了碰到哪隻臭鼬獾。」她
嘀咕。

　　閃光森林圖書館是個小房子，是用亂七八糟
的小石頭蓋成的。法蘭克用他的鳥喙敲敲一扇看
起來很厚重的橡木門。

　　過了一陣子，門慢慢打開了。

　　「幫……幫……我！」有個細微的聲音傳
來，「門……太……重……了……。」

　　阿德往下看，看到一隻非常小的鼯鼠試著打
開那扇門。

　　「噢！噢，對不起！」阿德說。小蘭把阿德
推到一邊，然後用力推開那扇門，帶出來的風把
那隻小鼯鼠吹得往後退。

　　法蘭克銜起小鼯鼠，拍掉他身上的灰塵。

「亞瑟，抱歉。」他說。

亞瑟搖搖頭，扶正帽子、推推眼鏡，自顧自的說起話來。

他走了幾步，進入閃光森林圖書館，大家都跟在他後面。令人驚訝的是，這間圖書館很大，天花板很高，四面八方都是書架。為了拿到最高架子上的書，牆壁上裝著木梯。椅子和毯子散落四處，還有幾張桌子，以及很多盞小燈。

「好酷喔！」阿德很喜歡圖書館，這裡就像他會來的地方。

法蘭克飛過這個大房間，最後停在一根木梁上，身旁是他的鴿子朋友可汗醫師，他全神貫注的在讀一本書。

「哈囉，老朋友。」法蘭克輕聲喊叫。

「噢！貓頭鷹先生。」可汗醫生說。他的口音聽起來有點高尚，但是也很友善，不過也非常嚴肅。「我正在讀一本十八世紀探險家——

瑪格麗特・溫培斯夫人的故事。她的生命非常特別。」

　　「可汗醫師，」法蘭克皺著他那兩道超大眉毛，「我在想，是否能請你跟我這位小狐狸朋友談一談，她最近一直做惡夢。」

　　「什麼？誰？怎麼了？」可汗醫師的眼鏡往下滑，「噢！哈囉，小蘭。當然可以。讓我找出我的公事包。」

瑪格麗特・溫培斯夫人

貓頭鷹和鴿子飛到小蘭身邊，她正在火爐前面踱步，輕輕咬著自己的手掌。

　　不久之前，可汗醫師曾經幫過小蘭，那時候她被那隻壞心的銀狐薩貝勳綁架了。那件事說來話長。

　　「醫師你好。」小蘭對鴿子點點頭。

　　「醫師，她做了惡夢，真的很糟糕。」阿德等不及想聽到答案。「小蘭，對不對？」

　　「嗯，基本上是這樣沒錯。」她喃喃的說。

　　「夢境裡發生了什麼？」可汗醫師問道。

　　阿德抽出筆記本遞給他。

　　「都在這裡！」阿德說，「她記得的，我都寫下來了。」

　　可汗醫師的視線越過眼鏡框邊緣仔細端看那本筆記。

　　「寫得非常好。」可汗醫師輕快的說。阿德臉紅了。

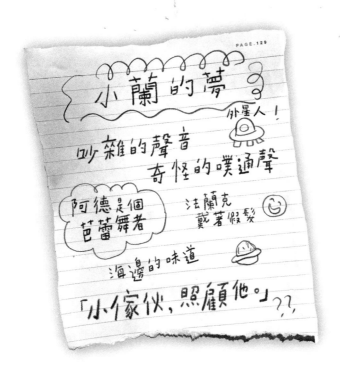

　　過了一會兒，可汗醫師說，「嗯。你最近在煩惱什麼事嗎？」

　　「沒有啊，我不覺得。」小蘭說。

　　「看起來像是，你的大腦試著要跟你說些什麼。」可汗醫師溫和的說，「有時候我們會把太沉重的記憶推開。但是，我們準備好的時候，這

些記憶就會回來。」

「喔。」小蘭說。

「可能有些事情觸發了你的記憶。」可汗醫師解釋，「你想到了什麼嗎？以前的事情，你一直記得的？」

呃，對小蘭來說，這是個大問題。因為她和阿德確實有個解不開的難題，那就是：他們的爸媽到底怎麼了，爸媽還活著嗎？但是……小蘭真的不想談這件事。總之，不是現在。

所以，她搖搖頭。

「沒有，」她說。「沒有，以前沒有什麼煩惱的事情。」

小柳看著阿德，翻了個大白眼。

「小蘭，我們窩裡的掌印呢？跟他說嘛！」阿德說。

「掌印？」可汗醫師說。

「噢，那沒什麼，」小蘭說，「我在窩的牆上發現的。我只是在想，以前住過那個窩的狐狸，就這樣而已……」

「那個啊，倒是簡單。」一個聲音傳來，是麥塔維，「幾乎所有住過這幾個森林的動物，我們都能找到線索。我們有紀錄！我想我們可以找

出來，誰曾經住過你們的窩。」

「哇，好酷喔。對不對，小蘭？」阿德說。

她聳聳肩。「對啊，我想是吧。」

「為什麼你會一直想著這些掌印呢？」可汗醫師溫和的問。

小蘭的聲音變得比較小聲。

「嗯……聽起來很蠢……但是……我在想那些掌印是不是……我爸媽的。」

她以為可汗醫師會笑她，但是並沒有。醫師在他的筆記本上寫下一些字。

「那麼，你爸媽現在在哪裡？」他問。

「我不知道。」小蘭說。

阿德聳聳肩。

「他們本來住在瘋狂森林嗎？」可汗醫師問。

「我不知道。」小蘭說。

「他們離開時，你們多大？」可汗醫師問。

「我不知道。阿德那時候很小、很小，我比較大一點點……」

可汗醫師放下筆，拉低他的眼鏡。

「嗯。也許沒有大到可以單獨生活。小蘭，我想可能是因為，你在瘋狂森林過得十分輕鬆快樂，使得覆蓋在一些不愉快記憶上的毯子，慢慢的滑開了。」

「喔。」小蘭說。

「沒有什麼好擔心的。」可汗醫師說。「那只是夢，不會傷害你。但是可以繼續把夢境寫下來，或許你會開始找回那些記憶。」

「好，好的。」小蘭說。

「你會沒事的，勇敢的狐狸。」可汗醫師突然變成世界上最親切的鴿子醫生。「如果有什麼煩惱，隨時可以來找我聊聊。」

「醫師，謝謝你。」小蘭低聲說。

突然間，他們的對話被小柳的喊叫聲打斷

了，她在圖書館另一個角落大叫「噢──喔」，接著是好大一聲「轟」，有一座巨大的書櫃傾倒了。

「小柳！」阿德趕快跑過去看他的朋友。

一大堆書裡，伸出了一隻小腳掌揮舞著。

「幫個忙吧？」小柳高聲說。阿德抓住小柳的腳掌，把她拖到安全的地方。小柳全身都是灰塵，但是眼睛睜得好大，還閃耀著興奮的光芒。

「看我找到了什麼！這本書放在最上面那層，但我還是把它拿下來了。」

她抓著一本厚重的紅皮精裝書。看起來好舊，封面破破爛爛的，但是阿德還是能讀出以金色印刷而成的書名：《卡斯柏教授的珍禽異獸指南》。「好酷！」阿德說。

小柳站起來，搖搖晃晃的走到附近一張桌子旁，「碰」一聲把書放下。

（「噢，沒關係、沒關係，」圖書館員鼴鼠

卡斯柏教授的

珍禽異獸
指南

亞瑟說著，急急忙忙跑到倒塌的書架旁，「我來收拾就可以了。」他還真的動手收拾了。）

「哇哇哇，」小柳翻開書，「阿德，看看這些圖片！是怪獸。」

阿德吃了一驚，「整本書全都是怪獸！」

「是啊，而且你看──還有腳印等等的圖解。阿德，腳印耶！」

小柳開始跳上跳下。

「我們或許可以找出外面那些奇怪腳印是誰的。」阿德小聲說，他的鬍鬚微微發顫。

小柳點點頭。

「沒錯！我們要成為怪獸獵人！」她歡呼說。

「噓！」圖書館員亞瑟在書堆下竄來竄去。

「我們要成為**怪獸獵人！**」小柳壓低聲音，但還是很大聲。

「太棒了！」阿德說。

「現在只要偷走這本書就行了。」小柳小聲說，「快！塞到你的上衣裡。」

阿德皺起眉頭。

「我沒有穿上衣啊。不過小柳，你也不需要用偷的吧。我們在圖書館裡，我們可以借書。」

小柳皺眉頭，懷疑的看著阿德。

「什麼？就這樣……拿走嗎？免費的？別開

玩笑了。」她叫道。

「噓！」圖書館員亞瑟又發出聲音，「你朋友說的是對的，你們可以借書，把它帶回家。你只需要一張借閱證。」

「什麼！我太高興了！」小柳尖叫。

幾分鐘之後，大家都站在圖書館外面。小柳捏捏她的借閱證，她從來沒有拿過這種東西，有了這張借閱證，讓她覺得很體面。

「我要讀遍這個地方的每一本書。」她宣布。

小蘭冷笑。

「當然啦，小兔子。我拭目以待喔。」

小柳瞇起眼睛。

「每、一、本、書，就從這一本開始！」

她很小心的把《卡斯柏教授的珍禽異獸指南》頂在頭上。

「嗯，至少有人在這個地方拿到有用的東西

了。」小蘭氣嘟嘟的，她覺得自己有點傻。

「噢，姐姐，可汗醫師說，沒有什麼需要擔心的，不是嗎？」阿德溫和的說。

小蘭伸腳踢踢周圍的草。

「我想是吧？」她說。

「我覺得這很有趣耶，」阿德說，他的語氣突然聽起來像個大人。「也許，你愈放鬆，你的夢就會愈清楚。你可能會想起更多事情。就像是一張模糊的照片，你看得愈久，就能看得愈清楚。」

「好啦，好啦，阿德醫師，別說了。」小蘭嘟噥著，瞄準一朵垂頭大蘑菇，把它踢成碎片。

「你是笨蛋啊！那是上等的『宇宙小球』耶！」小柳大喊。

阿德呵呵笑了。

「這些事情說得我都餓了。」小蘭說。

「我贊成回家，大吃一頓，然後坐著什麼都

不幹。」阿德說。

「聽起來不錯。」小蘭點點頭。

於是，他們慢慢走回窩去。

第四章
婚禮

　　隔天就是盛大的松鼠婚禮，大家都興奮到快發瘋了。到處都是忙碌的聲音……呃，大部分地方啦，因為像戴德斯的露營車就很安靜，安靜到有點反常了。

　　鼬獾晃頭敲敲門。

　　「戴德斯！」他大喊，「醒來，醒來！已經下午了，老傢伙，我們得要準備去參加結婚典禮了！」

　　晃頭把耳朵貼在門上，聽到哼哼哈哈、窸窸

←放鬆模式

窣窣的聲音。

戴德斯終於打開門，他穿著睡袍跟毛茸茸的拖鞋，鹿角上還有髮捲，他把眼睛上的小黃瓜片摘下來。

「噢，晃頭，」他嘆了一口氣，「真對不起啊。我一定又打瞌睡了。每次做SPA，我都會睡著。」

「沒關係，」晃頭噗哧笑了出來，然後他調整一下外套跟領結。「每個人都好興奮。閃光森林的新娘和瘋狂森林的新郎！」

三十秒之後，一頂禮帽戴在大鹿角之間的戴德斯，手腳並用走出他的露營車。戴德斯和晃頭

64

動作小心翼翼，把一個碩大的婚禮蛋糕搬到晃頭的吉普車後座。

一個奇怪的聲音傳來。

「沒煩沒那麼煩……」

「什麼聲音？」戴德斯從蛋糕後面探頭問。

「我可沒說話喔。」晃頭說。「現在要注意……慢慢放下來……好了！」

「**沒煩沒那麼煩……**」

那個奇怪的聲音又出現了。

「又來了，你有沒有聽到？」戴德斯皺眉。

晃頭點點頭，「真奇怪。」他說。兩人往後看，但是什麼都沒有。晃頭彎腰看吉普車下面，也沒有什麼。戴德斯掀開他的禮帽，但是裡面也沒有東西。

晃頭聳聳肩，於是他們就坐進車子裡。婚禮蛋糕就放在後座的平台上。

「**沒煩沒那麼煩……**」婚禮蛋糕說。

這很奇怪，因為婚禮蛋糕並不會說話。

瘋狂森林裡有一塊空地，平時用來跳樹比賽，或是讓英格麗經營的「瘋狂森林劇團」演出時使用。今天，這塊空地用來舉辦婚禮。木頭長椅已經一排一排擺好，幾隻穿著連身工作服的河狸正在建造一個小舞台。

有一隻拿著記事板的鴨子跑來跑去，看起來非常緊張。她叫做塔瑪拉，是英格麗的助理。

「罐子蠟燭在哪裡？」她對著手機說。「我需要罐子蠟燭！我需要花！餐點怎麼還沒來？婚禮 DJ 在哪？**啊 —— 啊！**」

這時候，來自閃光森林的美麗野兔艾努絲卡，正在為她的豎琴調音。她是閃光森林的明星，現在她在瘋狂森林也很紅。她是流行音樂歌手、時尚偶像，而且還寫了一本書《別緊張！只要跟我一樣美就行》。她特別為這場婚禮寫了一首歌。一群穿著白色長袍的大老鼠擔任合音，正在做發聲練習。

長袍是一種長外套，
你不知道嗎？
哈雷路亞！

「嘿，毛毛朋友們，你們呀，真是可愛，」艾努絲卡說。她的聲音就像野花那樣清新又美麗，「但是，這次請不要又把這首歌搞砸了好嗎？因為，你們呀，唱歌是真的唱得有點爛……呵呵，抱歉喔！噢，我好愛你們。」

「遵命，艾努絲卡！」大老鼠合音團說。

英格麗戴著最華麗的圓盤帽，坐在一張寬大的天鵝絨軟墊上。「我真的希望不要搶走新娘的風采，」她說，「那樣就太糟糕了。親愛的查爾斯，告訴我──你一定要說實話──今天在公開場合，我是不是美得無法直視呢？」

正在撒花瓣的查爾斯爵士，停下來凝視著妻子。

「親愛的，」他說，「你是最美的羽毛皇后！新娘一定會嫉妒得眼紅。」

英格麗滿意的點點頭，繼續抹上更多眼影。

突然，天空暗下來。

空中傳來一陣大喊。

「跳～樹～！」

新郎進場！

新郎羅密歐，以跳樹姿態進入婚禮會場，後面跟著十幾隻松鼠，他們全都「砰」的一聲撞到舞台上。

「羅密歐，這是你最後一次以單身的身分跳樹了！」其中一隻松鼠舉起手掌大聲說。

羅密歐站起來，拍掉西裝禮服上的灰塵。

「噢，兄弟啊，我可是等不及要結婚了呢。茱麗葉就是我的真命天女！從我看到她把所有堅果都藏在臉頰裡的那一刻，我就知道。**我陷入熱戀啦！**」

接著羅密歐高興的手舞足蹈。

「噁。」小蘭說。她假裝想吐。

「我覺得，真愛實在太美妙了！」阿德脫口而出。

「我覺得，那是沒用的東西，簡直無聊。」小柳說，而且她還毫無理由的朝羅密歐丟了一顆覆盆莓。

沒多久，所有長椅都坐滿了。戴德斯和晃頭已經來到會場，而且把那個大蛋糕放在長桌的正中央，長桌上已經擺滿了一堆一堆的美食。

「嗯嗯嗯，等一下就是**吃到飽時間**了。」小柳看到桌上那些點心，猛流口水。

有一批閃光森林的居民進場就座，阿德跟他的朋友揮揮手，他看到可汗醫師、麥塔維市長、阿茉，還有芮娜，她跟小蘭一樣是跳樹隊的明星。

70

「噢，這一切，好夢幻啊！」阿德看看四周，露出大大的笑容。他說的沒錯，場地看起來真的非常漂亮，到處是蠟燭、鮮花、緞帶。真是一個完美的地方，舉行一場平和又浪漫的婚禮。

小舞台上，英格麗在羅密歐前面坐下，對艾努絲卡點點頭，於是豎琴演奏就開始了。

松鼠新娘茱麗葉穿著一件白色長洋裝，站在一個小樹枝和玫瑰花編成的拱門下，慢慢進入走道。她的尾巴閃閃發亮。

「噢！」阿德叫道。

「她好美啊！」小柳抽抽鼻子，然後對著阿德的圍巾擤個鼻涕。

太陽慢慢落下，燭光在罐子裡搖曳，好像許多小小的螢火蟲。

艾努絲卡開始唱：

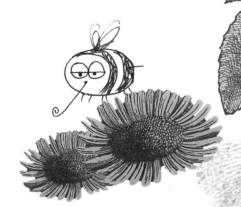

當兩隻松鼠相遇
雙腿搖搖
鼻子癢癢
因為他們心裡一陣騷動
那是松鼠的愛——

合音加入：

松鼠的愛——耶
是松鼠的愛，寶貝
如果這是錯的
那麼我不願是對的
我愛你茂密的尾巴
我要依偎整夜——
松鼠的愛，耶
是松鼠的愛，寶貝

茱麗葉和羅密歐舉起腳掌，深深凝視著對方的眼睛。

　　「我好愛、好愛你，我的親親小可愛。」羅密歐說。

　　「我也愛你，我的甜蜜寶貝。」茱麗葉說。

　　小蘭又做出那種「我要吐了」的表情。

　　英格麗鼓鼓羽毛，在她那個非常重要的天鵝絨坐墊上站起來。

　　「**呱**！大家看我。」

　　每個人都看向英格麗。

　　「對於還不認識我的人，我來自我介紹，我是英格麗。我知道你在想什麼，你在想：『我好像在哪裡看過這張漂亮的臉蛋……』對吧！」

　　小蘭哼了一聲。

　　「沒錯，我就是你們都聽過的電影明星鴨。抱歉，我不簽名也不接受自拍，等一下我老公會發下我的簽名照片。但是現在呢，讓我帶你回顧

一下我的演藝事業。我還是一隻小鴨子的時候，就有很大的夢想……」

法蘭克翻了個白眼。

「英格麗，你是來主持婚禮的，不是跟我們說你的人生故事！」他斥責說。

「呱！這我知道！」

英格麗調整了一下她的圓盤帽，才又開始發表演說。

「我們今天聚在這裡，把兩隻松鼠結合在一起……也是把兩個社區結合起來。我們都知道，瘋狂森林和閃光森林很多方面都非常不同。閃光森林的動物，聰明、漂亮、聞起來香噴噴的。我們瘋狂森林的動物呢……呃……」

「超級有趣又好棒棒！」小柳大喊。

「熱情洋溢！」戴德斯說。

「一群怪胎。」小蘭嘟噥。

「沒錯，沒錯，就是以上這些。」英格麗說，

「總之，我們也是鄰居。而且每個人都需要好鄰居，對不對？」

松鼠茱麗葉禮貌性的咳了一聲。

「**呱**！你有什麼問題嗎？我正在講話！」英格麗抗議說。

「對不起，英格麗，但是，什麼時候開始讓我們結婚呢？」茱麗葉小聲說。

「噢，對，」英格麗翻翻幾張紙，「好，我們來看看……永恆的愛等等等等，兩隻松鼠的結合等等等等……好了，現在是重要的部分。」

英格麗轉頭面對大家。

「如果有誰知道，有什麼理由讓這兩隻松鼠不能結婚，現在馬上提出來！」她大聲說，「不然，就保持安靜。」

群眾無聲無息。

噗！

喔，應該是說「幾乎」無聲無息。

「對不起，」戴德斯說，「是我的屁股啦。」

英格麗嘆了一口氣，轉身面向兩隻松鼠。

「茱麗葉‧費莉希亞‧狄凡揚，你是否願意

羅密歐‧布魯塞爾‧史波特成為你的合法丈夫？」

「我願意！！！」茱麗葉尖聲說。

「羅密歐・布魯塞爾・史波特，你是否願意茱麗葉・費莉希亞・狄凡揚成為你的合法妻子？」

「我願意，我願意！」羅密歐叫道。

「好，那麼，典禮完成。」英格麗說。

群眾歡呼。

合唱團開始唱歌。

羅密歐和茱麗葉深深對望。

「今天真是太美好了。」羅密歐說。

「沒錯，好棒喔！」茱麗葉說。

新郎、新娘親吻對方。

接著，有一隻巨大的老鷹從空中飛下來，把他們吃了。

噢，不會吧。

第五章
派對

羅密歐與茱麗葉，什麼都沒留下，除了一頂
大禮帽跟一小束花。茱麗葉的伴娘凱莉很快就把
花束撿走了。

戴德斯腳步踉蹌的走到群眾面前。

「呃⋯⋯唔⋯⋯哎，哈囉大家。這真是可怕
的⋯⋯呃⋯⋯意外。在場有些還不認識那隻老
鷹──她是潘蜜拉。她是個狠角色，我想你們
也看到了，哈哈哈！不過，我們很喜歡她。」

大家都沉默著。

「哎！」戴德斯撥弄著他的大禮帽。「新郎和新娘……剛剛離開我們的新郎和新娘，他們之前請我在婚禮上致詞。羅密歐給了我一些好笑的故事，關於他去各地參加跳樹比賽的一些趣事。藍斯，沒錯，我看著你喲，哈哈！」

沒有人笑。戴德斯把蹄放進嘴裡咬著。他不知道該說什麼。他看看晃頭，晃頭對他豎起拇指，然後假裝在吃東西。小柳站在一截木頭上，正在扭動身體微微跳著舞。法蘭克揚起眉毛，聳聳肩。

「哎。既然發生了這麼悲慘的事，」戴德斯繼續說，「那麼，呃，這對夫妻……呃，死掉的夫妻……為了向他們致敬，我們還是應該吃東西跟跳舞，是吧？」

大家歡呼。

「呼！」戴德斯鬆了一口氣。他跑下舞台，

鼻子埋進晃頭的胳肢窩裡，哭了一下下。

「講得很好，戴德斯。那很不容易。」法蘭克說。

麥塔維坐在溜冰鞋上滑過來。

「戴德斯，我希望你能說說剛才那隻殺手老鷹的事。」他說。

「我非常、非常的抱歉，麥塔維。」戴德斯吸吸鼻涕。「舉辦大型活動時，我們通常會把潘蜜拉的嘴巴套起來，但是這次，我們完全忘記了。」

麥塔維看著四周的賓客。

「我想你是對的，」他嘆了一口氣，「沒必要浪費這些食物，不是嗎？我們可以把它變成慶祝這兩隻松鼠短短的一生。敬羅密歐與茱麗葉！誰會知道，他們的愛竟然這麼短命呢？」

「你們這群笨蛋！」英格麗大叫。「《羅密歐與茱麗葉》那齣戲，兩個人最後都死了！我早

就跟你們說過了，但是你們誰聽進英格麗的話嗎？沒有，你們都不聽！」說完，她啪的一聲把補妝用的小鏡子蓋上，很生氣的走了。

有兩隻鴨子腳從灌木叢下伸了出來。

阿德輕輕握著那兩隻腳，拖出來一看，是塔瑪拉。她緊張過度，昏倒了。

「那隻鳥！就這樣突然跑出來！」」塔瑪拉口齒不清的說。

阿德拍拍她的頭。

「塔瑪拉，這件事你也沒有辦法呀，不要難過了。對了，你知道 DJ 在哪裡嗎？我想我們可以來點音樂。」阿德說。

塔瑪拉的眼睛睜得大大的。

「DJ ！」她小聲說，「DJ 已經失蹤好幾個小時了！」

阿德搔搔鼻子，想了一下。

「DJ 是趴踢烏鴉夏倫嗎？」他問。

塔瑪拉點點頭，然後慢慢爬回灌木叢裡。

其他松鼠看起來還滿鎮定的，他們好像已經都思考過了。

「你們不擔心了喔？你們的朋友剛剛被吃掉了吧。」小柳問。

「這是我們每一天都會面對的風險。」松鼠小紅聳聳肩，然後埋頭猛吃一碗起司球點心，「俗話說：『跟松鼠一起跑，就會被燒到毛』。再說，潘蜜拉現在已經吃過她的晚餐了。」

小柳對小紅豎起大拇指。

「佩服！」小柳說。

大結婚蛋糕就在長桌子的正中央。

「哇！」阿德說，「總共五個蛋糕疊在一起呢。戴德斯，你實在太厲害了！」

戴德斯害羞的笑了。

「是啊，我想，最後做的還不錯吧。很可惜新娘吃不到。」

有一個很特殊的聲音傳出來。

「沒煩沒那麼煩……」

「那是什麼聲音啊?」小蘭問。

「可能是……臭臭怪獸!」小柳叫著,然後做了一個迴旋踢。

「戴德斯,我們什麼時候可以切蛋糕呢?」阿德問。

「我更希望我們能先拍張蛋糕的照片,晃頭去拿相機了。」戴德斯說。

蛋糕動了。

「啊!結婚蛋糕!它被魔鬼附身了!」阿德跳到小柳的腿上。

蛋糕開始顫抖,裝飾糖霜漸漸出現裂痕。

「不會吧?怎麼會這樣!」戴德斯大叫。

突然，蛋糕爆炸了。

糖霜、奶油霜、果醬、海綿蛋糕，噴得到處都是。

「噢嘎！噢嘎！」

是趴踢烏鴉夏倫。

「噢嘎！我被困在蛋糕裡好幾個小時了！」她叫著。**「沒騙你，那裡面真的很熱！噢嘎，我們來開趴吧！！！」**

戴德斯對著他的精心傑作默默啜泣，夏倫卻一路吃出來，大步大步走到她的迪斯可購物推車，它就停在附近。她戴上耳機，調高了音量。

「喲呼！DJ 夏倫登場囉！」

「終於可以跳舞了！」小柳叫著，她跟她的436 個兄弟姐妹衝進舞池（其實就是一片草地，四周散落幾個松果。畢竟這裡不是舞廳。）

「英格麗，我最親愛的，在我們的婚禮上，我們沒有跳開場舞。現在，你是否願意讓我成為

啊，我年輕時去過一個舞廳叫做「**爬爬造**」。所有帥氣的昆蟲都會去。**那裡超暗的**。地板很黏。畢竟，那是在一台冰箱下面。

地球上最引以為傲的鴨子，跟我跳一支舞呢？」查爾斯爵士說。

「唉，好吧。」英格麗翻了個白眼。

她讓查爾斯爵士帶領她進入舞池，接著他們一起表演了一段勁舞。查爾斯爵士一度以背部貼地旋轉，同時運用他的鴨蹼將英格麗托起來拋到半空中。大家都停下來，並將他們圍成一圈，歡呼鼓掌直到結束。

「實在太厲害了！」晃頭大叫。

「是啊，他們已經練習了好幾個月。」小蘭說。

接下來，她聞聞空氣，因為……那股怪味又出現了。就是在絕望沼澤聞到的，在腳印附近的怪味。

「晃頭，你聞到了嗎？」她問。

晃頭抬起頭挺起鼻子到半空中，用力聞一聞。

「沒有什麼特別的味道呀。要我聞的是什麼呢？」他說。

小蘭轉個圈圈，然後看著擺滿食物的桌子。

「天哪！」她大叫。

餐桌被掀翻了，盤子、餐巾、食物掉滿地，桌巾被拆成紗線。有人——或某種東西——剛剛搗毀這個地方。

「噢，不會吧！三明治！沾醬！起司球點心！」晃頭大叫。

「牠一直等到我們都不注意，牠一直在暗中監視我們。」小蘭低吼。

現在大家倒是都注意到那團混亂了。

「剛開始是我的蛋糕，現在又是這樣！噢，我好絕望，我真的好絕望！」戴德斯哭著說。

「瘋狂森林，我很抱歉這樣說。但是，你們的派對太掃興了！」艾努絲卡氣呼呼的說。她拿起她的豎琴，很快就走掉了。有不少閃光森林的居民也跟著她離開。

小柳從阿德的背包裡抽出一支放大鏡，並在

頭上綁了一個閃著藍色和紅色光的頭燈。

「小兔子，你在幹麼？」小蘭大聲說。

「我現在是探員小柳，私家偵探、超級**怪獸獵人**！」小柳說。她開始檢查餐桌四周，一邊說著「嗯，很有趣！」還有「啊！我就知道。」

她抬頭看。

「我的助理在哪裡？阿德！我說的就是你。」

阿德從一截木頭後面跳出來，他已經躲在那裡好一陣子，狼吞虎嚥吃著掉下來的香腸卷。

「拿好這個手電筒。」小柳命令。

阿德照做了。小柳舉起一片被撕爛的桌巾，上面有黑色的汙漬。

「哇！又是腳印！就像我們在沼澤邊看到的那樣！」阿德說。

小柳點點頭，對自己的表現感到非常滿意。

「我們把這條桌巾帶回窩裡，用那本書來查

一查腳印，我們就能知道到底要對付的是哪種怪獸。」她說。

「怪……怪……怪獸？你們是說怪獸嗎？」晃頭說。

「晃頭，根本沒有什麼怪獸啦，」小蘭說，「這些小屁孩又在扮家家酒了。」

但是，證據擺在眼前。腳印看起來好大，而且，不管是什麼東西摧毀了餐桌，牠一定很餓、很餓……

噢，太可怕了！我不確定我能繼續看下去，除非……請你扶住我的手好嗎？不，不是那隻手，是另一隻。不，不是那一隻，是另一隻。不是，哎，抱歉，也不是那一隻，是另一隻……

第六章
尖叫

「快坐進吉普車！」晃頭說。「如果有什麼怪事發生，我不希望你們被捲進去。」

戴德斯、小蘭、阿德和小柳一爬進晃頭的老吉普車裡，車子立刻發動，轟隆轟隆、顛顛簸簸的穿過森林。小柳用望遠鏡掃視森林裡的樹。

「小蘭，如果真的有怪獸呢？」阿德抬頭看著姐姐小聲說。

小蘭不知道該怎麼回答。

「可能真的有，」小柳叫道，「那麼我們就會把牠抓起來，交給『怪獸警察』，然後他們就會付給我們多到數不清的錢！還有，我猜我們會上電視喔！」

「噢，真興奮。」阿德說。不過，他的語氣聽起來並不是很興奮。

小柳放下她的望遠鏡，皺著眉頭看向阿德。

「難道你不想當怪獸獵人嗎？」她叫道。

「呃……當然想啊，」阿德聳聳肩，「我只是不想被吃掉而已。」

戴德斯坐在前座的晃頭旁邊，每次看到樹幹分支或是小蒼蠅的時候，他都會嚇得尖叫。

「老兄，拜託別再叫了好嗎？」晃頭說，「這樣我沒辦法開車！」

戴德斯緊抓著車門把手。

「抱歉，是車燈啦，照得每樣東西看起來都

好可怕！我的想像力太豐富了。啊——！」

法蘭克在他們上方滑行，吉普車的車燈照到他圓滾滾的眼睛。

「是我啦，市長。」法蘭克大叫。「我一直在注意四周。目前都沒有問題。沒有野獸，只有許多兔子正在返回兔兔村的路上。」

小柳翻了個白眼。

「如果我媽注意到我沒在隊伍裡，她會殺了我。」她說。「法蘭克！可不可以請你去兔兔村跟我弟弟奧蘭多說，叫他把『小柳娃娃』拿出來好嗎？你就這樣跟他說，他會明白的。」

「哪一個是奧蘭多？」法蘭克問。

「灰色的那個。」小柳說，這樣的形容其實沒什麼用。不過，法蘭克還是飛往兔兔村了。

小柳繼續密切注意前方道路。

「晃頭！開快一點！我們得立刻去狐狸窩，這樣才能查我們那本怪獸書！」

晃頭踩下油門。他並不喜歡有神祕怪獸出沒時還在外面遊蕩。

就在這時候，有一隻叫做飛力的蜜蜂，剛好飛到擋風玻璃前。

「嗨呀！你們在幹麼？」他嗡嗡叫。

「啊啊啊！」晃頭大喊，不小心把吉普車撞進一個凹陷的地方。

「對不起！我只是打招呼而已！」飛力嗡嗡叫，然後就飛走了。他每次都這樣，有夠討厭。

吉普車的輪子還在轉，但是車子完全停下來了。晃頭熄掉引擎。

「噢……大家還好嗎？」

一片呻吟抱怨聲。

吉普車後輪翹起來，前面則是結結實實的撞到一堵土牆。小柳、小蘭、阿德從後座跳出來，幫忙前座的戴德斯和晃頭鑽出來。

「誰有手電筒？」小蘭叫道。

　　阿德從他的背包裡拿出一支手電筒晃了晃。

　　「電量不夠了，但是也沒別的辦法。」他哀嚎說。四周好暗。樹木感覺比平常更大，而且枝幹就像蜘蛛腳那樣張牙舞爪籠罩著他們。

「晃頭,我們在哪裡呀?我不認得這個地方。」小蘭問。

「我們在『大後方』。」戴德斯說得很神祕。

「那是什麼?」阿德有點擔心的問。

「噢,那只是表示我們跑到後面去了,我們已經繞過沼澤,越過兔兔村,早就路過我的露營車,而且離神奇塔也很遠了。」戴德斯說。

小蘭皺眉。她和阿德住在瘋狂森林很久了,但有時候仍然覺得這裡像一座迷宮。

我是「漫遊者協會」的會員,而且我修過一堂正式的閱讀地圖課程,各位呀,就連我也沒辦法掌握這個地方。

這次，不是只有小蘭聞到，每個人都聞到那股臭味。

「哇，什麼味道這麼『香』，」晃頭把領巾拿起來搗住鼻子。「小柳，你又吃了『宇宙小球』嗎？」

「才沒有！」小柳大叫，「你們不要再指控我放臭屁，可以嗎？」

「小蘭，就是這個味道，我們去圖書館路上，就是聞到這股味道。」阿德擔心到兩隻耳朵都貼平腦袋了。

「拜託，我們只要把那隻臭鼬獾找出來就好。根本不是什麼怪獸。」小蘭說。

他們躡手躡腳走向臭味來源，那裡雜草叢生又髒亂。

「大家不要走散。」戴德斯比大家多出好幾百歲，所以他努力試著表現勇敢。

阿德抬頭看著戴德斯，捏捏他的腳掌。

「戴德斯，別擔心。我們不會離開你的。」
他露出一點微笑。

他們七手八腳的翻過幾根倒木，爬進一叢長刺的樹叢裡。

「我看到一個東西，」小蘭小聲的說，「大家趴低！」

他們前面有一個暗暗的大陰影，有一陣煙慢慢從那團陰影飄散出來。

「是龍！」小柳尖叫。「阿德，打開手電筒！」

阿德用手電筒照著那團陰影……他們看到的是，大概有一百多個破舊輪胎，堆成一座小山。看起來好像曾經被燒過，火是最近才熄滅的。

「噢，又是那些討厭的『倫類』，每次都把垃圾丟在這裡。」小柳氣憤的說，而她也很失望那不是龍。

小蘭聞聞空氣。

「燃燒橡膠，以前在大城經常聞到這種味道，難怪我會覺得很熟悉。」小蘭說。

「哎，那真是鬆了一口氣。好啦！大家回去我家，吃幾個克林姆麵包吧？」戴德斯說。

「但是，真的有東西跑出來啦！」小柳叫道，「一堆輪胎不會留下腳印，也不會去婚禮上搶東西吃吧？」

「噢，對喔，」戴德斯說。他有點不耐煩了，「但是我很想回家，今天真是太累了。天哪，潘蜜拉竟然吃掉新郎和新娘！」

這時候，阿德用手電筒照著那座輪胎山。他仔細看著那堆橡膠。接著，有那麼一瞬間，手電筒燈光照到某個閃閃發光的東西。

輪胎裡面有一雙眼睛，瞪著他看。

阿德吃了一驚，站在原地動也不動。

「兄弟，怎麼了？」小蘭皺著眉頭說，「你看起來就像看到鬼了。」

接著，那疊輪胎開始傾斜翻倒。

「**快跑！**」小蘭大叫。

　　一大疊輪胎倒落下來，大家四散奔逃。輪胎有彈性又沉重，任何東西都會被它壓扁。小柳絆了一跤，跌了個四腳朝天。

　　「喔，笨蛋！」她尖叫。

有個巨大的輪胎滾向他們，小蘭轉身跑了回來，用力把小柳推離輪胎的路徑。

「小蘭！」阿德大叫。

這就是小蘭聽到的最後一個聲音，接著她陷入一片黑暗。

奇怪的是，有一次我發現自己困在一輛專業賽車的輪胎裡。那時候的速度超過每小時 250 公里！其實我還滿喜歡賽車，雖然一路上我都在尖叫。

第七章
會議

　　小蘭睜開眼睛，看到兩個毛茸茸的大黑洞貼近她的臉。

　　「哈囉，戴德斯。」她喃喃的說。

　　這兩個大黑洞確實就是戴德斯的鼻孔。他很擔心。

　　「噢，太好了，」他一隻腳蹄搔搔眉毛。「小蘭，你嚇了我們一大跳！那個輪胎真的十分大力的撞向你。」

「喔。」小蘭覺得頭痛。

「我跟他們說，你會沒事的。」阿德靠在小蘭旁邊，正在吃葡萄。「以前在大城，小蘭常常會被撞到之類的，對不對，姐姐？」

「那隻小兔子怎麼樣了？」她咕噥著。

「她沒事，」阿德說，「我們把她送回兔兔村了。小蘭，你救了她的命！」

小蘭用手肘把自己撐起來，從露營車的車窗看向外面，陷入思索。今天早上天氣晴朗又舒爽，但是昨天晚上到底發生什麼事，她正在努力拼揍。

「小蘭，有個東西把那些輪胎推倒，」阿德說，「我發誓我看到某個東西，牠從那些輪胎裡面瞪著我看！」

「我想，我們要警告大家，瘋狂森林裡有奇怪的東西出沒。」阿德說。

「絕對要。」戴德斯說。「法蘭克已經去神

奇塔告訴潘蜜拉，今天下午我們要開個緊急會議。潘蜜拉會在她的廣播節目裡宣布。」

「噢，太好了，那個大殺手，我想大家一定都會聽她的話。」小蘭沒好氣的說。她給自己倒了一杯咖啡，一口氣喝掉。

潘蜜拉除了喜歡吃小型哺乳動物之外，她還有一個興趣，就是在「瘋狂森林電台」主持一個叩應秀。事實上，這個節目也是電台唯一的節目，呃，因為「瘋狂森林電台」就是她創立的。偶爾，她會讓趴踢烏鴉夏倫也加入一起主持。

法蘭克飛高到了塔上的巢旁邊，他非常小心

的找了一個安全地方停棲。

「幹麼？」潘蜜拉的聲音粗嘎。

法蘭克慢慢的對她搖搖頭。

「潘蜜拉，」他發出嘖嘖聲，「你怎麼可以那樣？在他們的婚禮上！」

潘蜜拉聳聳肩。

「鳥總是要吃東西呀！」她說，「至少，他們的婚姻很幸福。」

「潘蜜拉，他們的婚姻只持續了大概 0.3 秒！」法蘭克說。

「對啊，我剛剛說了，他們的婚姻很幸福。」潘蜜拉說。「你最近有沒有看到任何外星人？」

「什麼？沒有！聽我說，我需要你在廣播節目裡宣布一件事：戴德斯要舉行一個緊急會議，今天下午，地點在他的露營車外面。」

潘蜜拉點點頭。

「好，我可以在討論完樹懶修指甲之後插

播。」她粗聲說。

「那就謝啦。」法蘭克說完，伸展翅膀準備飛走。

「噢，還有，潘蜜拉，去參加會議時，你可以戴上口罩嗎？羅密歐有些朋友會到場，他們還有點怕怕的。」

潘蜜拉敬了一個禮。

問題是，你知道嗎？動物世界裡，大家都是吃來吃去，實在沒什麼好大驚小怪的。我的食性是吃巧克力，因為它好吃。是牛奶巧克力喔，不是白巧克力。還有，我不是動物。

那天下午，戴德斯把他的露營車門打開，迎接一大群瘋狂森林的居民。他站在一個樹墩上，阿德、小蘭、晃頭則是坐在在露營車的階梯上。小蘭的頭還纏著繃帶，她偷偷覺得這樣看起來比較酷又堅強。戴德斯清了清喉嚨。

　　「現在，最重要的是，不要恐慌。」戴德斯對聚集的群眾說。「我只是想告訴各位，似乎有一位不速之客來到瘋狂森林……」

　　「衝啊啊啊啊啊啊啊啊啊！」

　　戴德斯的發言被小柳打斷了。她誇張的跳上

戴德斯的桌子，頭上綁著一條橘色的布條，可愛的臉頰上塗抹綠色的油彩，拿著一支網球拍、一塊破桌巾，還有那本怪獸書，接著，她把書重重的摔在桌上。

「大家聽好！」她提高聲音說，「有一隻怪獸在外面亂跑！而且，那隻怪獸很大！」

「**啊——！**」大家都尖叫起來。

「冷靜！」戴德斯懇請大家。

「非常好，小兔子，你這樣真的很有幫助。」小蘭沒好氣的說。

小柳打開那張桌巾。

群眾驚呼一聲。

小柳指著沾在桌巾上的腳印。

「大家聽好！」小柳來來回回走著，「這隻怪獸掀翻了婚禮的餐台！這隻怪獸躲在瘋狂森林裡！而且昨天晚上……這隻怪獸差一點就把我弄死！」

群眾驚呼。

「但是，小蘭救了我的命，」小柳繼續說，「那很酷。」

群眾之中傳出嗚咽聲。

「有誰看到牠了嗎？」莫第問。他是晃頭的大哥，個性有點魯莽。「我和我幾個弟弟，會開著吉普車把那傢伙揪出來！以前啊，我可能還吃過更大隻的怪獸當早餐喔。」

晃頭臉紅了。

「呃，大哥，我們的吉普車出了一點問題。」他膽怯的說，「車子撞進一個大洞裡。」

戴德斯拿著他的椰子殼互敲，要大家注意聽他說。

「**任何人**都不可以去找怪獸！直到我們知道到底那是什麼。把小孩子藏在地底下保護好，如果有聽到或聞到任何不尋常，請來告訴我。」

小柳嚼著一截樹枝，把網球拍拿在手上轉。

「沒錯，讓專業的來收拾這隻怪獸。」她說。

「專業的？」群眾中有個聲音大叫，「你比較像專業的磨人精！」

「嗨，媽！」小柳揮揮手，「總之，這本書把捉怪獸的細節都說清楚了。所以，我不害怕，一點都不害怕。誰要跟我一起去？」

群眾一片沉默。

阿德嘆了一口氣。

「好吧，」他說，「我跟妳去。」

小蘭往阿德的耳朵用力摑下去。

「不行，你不能去。」她說，「如果你以為，我會讓你跟著那隻瘋兔子在森林裡到處亂跑，那你就再給我想清楚一點。」

接著，法蘭克飛向小柳，抓住她脖子上的毛，把她提起來。

「喂！」小柳大喊，手腳在半空中猛踢。「放

我下來！我要去抓怪獸！啊！」

法蘭克把小柳抓進戴德斯的露營車裡，然後關上門。

「唉，」英格麗抱怨說，「大家為什麼要這麼戲劇化呢？我們只要讓那個什麼東西自己走掉就好了嘛。我對我前任老公就是這樣。我不理他，他就哭著跑回好萊塢了。」

「英格麗說的沒錯，」戴德斯說，「我們保持低調，等牠自己走掉。最重要的是，大家要**保持冷靜**。」

天色突然一暗，松鼠跟老鼠開始竄逃找掩蔽。

「是潘蜜拉！」他們尖叫著，「快逃啊！」

潘蜜拉停在戴德斯的露營車頂，她的鳥嘴上戴著安全罩。

「**嘎**！大家冷靜！」她說。

「你說得容易，」松鼠小紅躲在一朵毒菇下

面大喊，「是你吃掉我們的朋友，就在他的婚禮上！」

「可是我現在不餓啊。」她繼續說，「總之，關於這隻怪獸，我有個想法。」

「老朋友，牠可能太大隻，會讓你吞不下去吧。」法蘭克把玩著他的爪子說。

「我有很多顆夜視鏡頭，」潘蜜拉繼續說。

「我在瘋狂森林裡到處安裝鏡頭，這樣我們就可以看看那到底是什麼怪獸。」

「噢！」大家發出驚嘆聲，因為這個點子聽起來很不錯，在瘋狂森林裡並不常見。

「好點子！潘蜜拉，」戴德斯說，「大家記得……太陽下山之後不要到處晃，直到我們收集到更多資訊，關於我們這位……訪客。」

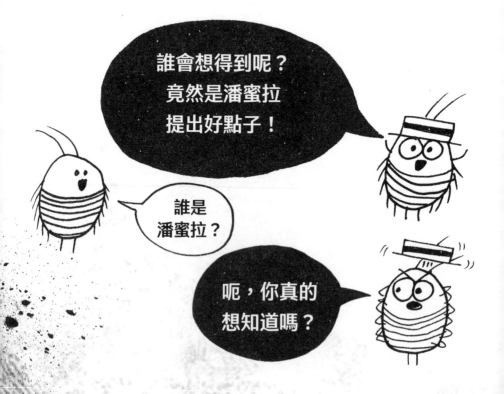

第八章
埋伏

小柳非常非常生氣。她趴在阿德的床上，整個頭埋在毯子裡。

「小柳，不要這樣嘛，」阿德說，「振作一點。我們還是可以當怪獸獵人啊！只是……只是不能出去捉任何怪獸。」

「**哼！**」小柳一把掀開毯子。「這個地方到處都是膽小鬼。就像你！」

「我只是不想被吃掉而已，」阿德聳聳肩，「這樣有什麼不對嗎？」

小柳翻開隨身攜帶的那本《卡斯柏教授的珍禽異獸指南》，裡面充滿了圖畫、重要的知識，還有針對各種珍禽異獸的閒談。

看看這一段：

捷卡羅

捷卡羅看起來像一隻巨大的兔子，頭上長了鹿角。捷卡羅在玩填字遊戲的時候，千萬不能打擾牠們，因為這時候牠們會非常生氣。

嗚嗚罕姆那

接近牠的唯一安全方法是，趴下來將肚子貼地蠕動前進，並將一盤水芹雞蛋三明治頂在上。牠們的鼻孔特別怕癢。而且，千萬、千萬不要在牠附近說法蘭德斯語。

說話馬鈴薯

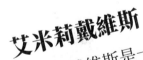

第一眼看到牠的時候，看起來就像每天都會碰到的友善馬鈴薯，就是我們會配上奶油和燉豆子一起吃的馬鈴薯。但是，如果這個馬鈴薯開始說話，你就知道你碰到的是「說話馬鈴薯」，那就非常不同了。主要是因為，牠有一張臉，而且牠會對你大叫。

艾米莉戴維斯

艾米莉戴維斯是一隻獨角獸，牠聞起來有花香，喜歡吃彩虹蛋糕。牠是所有怪獸裡面最可愛的。老實說，我正準備跟牠求婚。

「這本書實在太棒了！」阿德說。

「每一頁我都要讀，我要成為**怪獸專家**。」小柳宣布。

一隻臭襪子丟到了小柳臉上。

「拜託你們兩個閉嘴好嗎？」小蘭抱怨說，「我想睡午覺！」

「小蘭，對不起。」阿德輕輕說。

小蘭轉身面對狐狸窩的牆壁。她閉上眼睛。接著她又聽到夢境裡那個聲音。

「照顧他，我勇敢的小狐狸。」

小蘭立刻睜開眼睛。是誰的聲音？為什麼會出現在她的腦袋裡？她做了個深呼吸，然後又閉上眼睛。

這次，她聽到水流淙淙聲……還有遠處傳來粗嘎的鳥叫聲。是海鷗嗎？她無法確定。小蘭又睜開眼睛，那聲音馬上停止。

這到底怎麼回事？她看看阿德跟小柳。他們

用被子蓋著頭，拿著手電筒，安靜的讀那本《卡斯柏教授的珍禽異獸指南》。

小蘭擺弄了枕頭，然後又閉上眼睛。這次她聽到音樂聲，像是長笛那一類的……演奏著同樣的曲調，一次又一次。為什麼聽起來既快樂又悲傷呢？小蘭睜開眼睛還能聽到。但是她知道，這些只存在她的腦袋裡。

小蘭閉眼的時候，阿德靜悄悄的溜過來。「小蘭，」他輕輕叫著，「你怎麼了？又做夢了嗎？」

小蘭點點頭。「現在我甚至不用睡著，它們就會出現。不斷出現的聲音，我愈是仔細聽，它就愈真實。真的很奇怪。」

阿德對小蘭揮揮他的筆記本跟鉛筆。

「跟我說，快！」他說。

「現在主要都是我聽到的曲調。」小蘭說。

「哼出來！」阿德說。

小蘭的音樂能力並不是特別好，不過她深吸一口氣，試著哼出來。

　　「**哇哈哈哈哈哈！**」小柳說，「你是在唱歌嗎？」

　　「不是！」小蘭厲聲說。她覺得自己好蠢。「小兔子，你給我閉嘴。」

　　「小柳，別幫倒忙。」阿德說。

　　小蘭躺下來，拿枕頭蒙住自己的頭。

　　「算了，」她生著悶氣，「我不想再說了。」

以前我也做過類似的夢，重複一次又一次。或者，至少我覺得我是在做夢啦。說不定我只是被關在洗衣機裡而已。

現在是半夜。

瘋狂森林非常安靜。

「媽咪，外面的怪獸會把我們吃掉嗎？」小兔子翻翻問。

「小可愛，我們只要待在地底下，就不會被吃掉。」翻翻的媽咪說。

至於潘蜜拉，她跟翻翻或是翻翻的媽媽不一樣，她一點也不擔心。她戴上夜視鏡，拿著一個破破爛爛的手機在講話。

「探員潘蜜拉回報！」她粗嘎的說。

「從我布置的隱藏攝影機，我已經觀察了六個小時，但是，我還沒有看到什麼怪獸。」

她掃視地面，看看有沒有任何動靜。

「沒有在蠕動的蟲⋯⋯沒有小隻的鳥⋯⋯連穿著小螞蟻鞋的小螞蟻都沒有。」潘蜜拉有點難過。

她嘆了一口氣。接著，她突然注意到其中一台攝影機，有個陰影在動。

「看到了！」她尖叫，「五號攝影機！」

這個攝影機不知道被什麼東西動到了。潘蜜拉又是按鈕又是拉桿的，把影像畫面弄得清楚一點。她是否會看到真正的**怪獸**呢？

那團黑色陰影在接近地面的草叢中移動。牠似乎有個尖尖的頭。還有一個尖尖的鳥嘴。而且，牠拿著一隻小木笛。

「噢嘎！你那邊怎麼樣？我有沒有上電視？喲呼！」

「假警報，原來是我的鳥同事夏倫。」潘蜜拉嘆氣。

潘蜜拉摘下夜視鏡。天快亮了，潘蜜拉很快就得去跟戴德斯報告這個令人失望的消息，但是她要先吃個老鼠三明治當早餐，配上一杯美味的蟲蟲茶。

第九章
捉怪

　　隔天，英格麗和查爾斯爵士在小池塘周圍散步。

　　「像這樣活得像個囚犯，我不知道我還能撐多久！」查爾斯爵士哀怨的說。

　　英格麗往老公的鴨嘴上揍了一拳。

　　「你在說些什麼？」她斥責，「我們每天至少睡滿十五個小時。沒有什麼怪獸能影響我的作息。我才不管牠有多大、多凶猛。」

查爾斯爵士點點頭。

「你說的沒錯，親愛的。我很抱歉。這一切這麼戲劇化，實在令人無法忍受！」

「你啊，你就跟我一樣喜歡戲劇化啦。」英格麗哼了一聲，眼睛瞇了起來。

小池塘裡其他鴨子都聚集在某叢蘆葦附近，傳出一陣陣呱噪吵雜、指指點點的聲音。

「說到戲劇化，那邊到底在幹什麼呀？」英格麗說。

她和查爾斯慢慢游到池塘的另一邊。

「你們看！」有隻名叫阿三的鴨子叫著，「怪獸的腳印！牠一定是半夜來小池塘的！」

查爾斯一聽之下昏倒了。

「我想我得去告訴戴德斯。」英格麗嘆了一口氣，「這種騷動，他們一定會非常興奮。」

她拖著查爾斯爵士，往戴德斯的露營車游過去。

戴德斯被這個怪獸事件鬧得心神不寧，他撰寫《一隻公鹿的回憶錄》的進度也受到影響。他坐在一壺茶和一盤巧克力閃電泡芙旁邊，嚼都不嚼就吞進一顆閃電泡芙，瞪著桌上的空白頁。這本書他已經寫了超過一年，到目前為止，寫出了五頁。

「唉，寫作可真難呀。」他一邊抱怨著，一

邊咬住鉛筆末端，用腳蹄撐住他的頭。然後，突然靈感出現了。他開始動筆。

我一直都很喜歡吃酥皮點心。什麼種類都喜歡，不過最喜歡的可能是法式派皮類。

「呼！」戴德斯說著，往後靠在椅背上。

他決定打個盹來慶祝一下，但是還沒真的睡著之前，就被一陣猛烈的呱叫聲干擾了。

「醒醒啊，老公鹿！你不是瘋狂森林的市長嗎？」

「噢，英格麗，哈囉，」戴德斯說。「哈囉，查爾斯爵士。我剛剛在寫我的小說。」

「我知道，」英格麗聽起來根本不在乎。「好

了，我來這裡是為了告訴你，我的池塘旁邊出現**很多**巨大的怪獸腳印。顯然，昨天晚上這隻怪獸試著吃掉我跟我的鴨子同胞們。我很不高興。」

戴德斯立刻跳起來。

「真糟糕！噢，英格麗，我很高興你沒事。噢，這隻討厭的野獸！」

法蘭克安靜的停棲在一棵橡樹的樹洞裡，為了表示禮貌，他叫了一聲。

「該是時候問問潘蜜拉，是否從她的攝影機看到什麼，對吧，市長？」他問。

「是啊，法蘭克，好主意。」戴德斯說。「至少我們得知道到底要對付的是什麼。」

法蘭克飛下來，給自己倒了一杯咖啡。

「不先喝個咖啡，我沒辦法面對那隻老鷹。」他還啄了一個巧克力閃電泡芙。

這時候，就像變魔術一樣，老鷹潘蜜拉從神奇塔飛下來。

「我——來——也！」她叫著，對準那盤巧克力閃電泡芙衝過去，全部吃光光（包括盤子）。

「潘蜜拉，昨天晚上有沒有看見什麼？」戴德斯問。

潘蜜拉打了好大一個嗝，吐出那個盤子。

「這東西太脆了。」她說。「沒有，我沒有看到什麼野獸亂跑。我只看到夏倫半夜在跳霹靂舞。我不知道為什麼她要那樣做。」

這時候，小柳和阿德出現了，他們跑著過來，氣喘吁吁的。

「我們聽說這裡有巧克力閃電泡芙！」小柳喘著氣說。

「抱歉，小柳，全部吃光了。」戴德斯說，「但是，你們等一下喔！」

戴德斯轉身衝回露營車，接著發出了一陣乒乒乓乓的聲音。

「我們看到更多腳印了，」英格麗叫著，「也許你的書上有？」

小柳急切的點點頭。

「我和阿德讀了整本書，我們認為我們知道那隻怪獸是什麼！」

她用力把書放在桌上，翻到摺角的一頁。

你會把書頁摺角，還是會使用書籤呢？我比較是書籤那一派的，我是說，我本身就是書籤。我會在書裡留下一根觸角。

大腳怪

圖二：腳印
大約1公尺

「沒錯，」英格麗叫道，「那個腳印看起來就是這個樣子。所以，瘋狂森林裡有一隻大腳怪。很顯然的，我們全部都會死。潘蜜拉，你去告訴大家。」

潘蜜拉飛回神奇塔。

「噢，英格麗！你為什麼要這樣講？這樣會把大家嚇壞！」阿德說。

廣播聲音傳來。

「大家注意！大家注意！」

是潘蜜拉。

「真快呀。」小柳說。

「我們已經認出怪獸了。是大腳怪攻擊瘋狂森林。我們都會死。接下來要播放的是黛安娜・羅絲的經典迪斯可舞曲。掰掰！」

戴德斯從他的露營車裡出來，端著一盤剛烤好的巧克力脆片餅乾。

「來吧，各位，有更多點心囉！」

他抬頭一看，幾乎所有瘋狂森林的居民都在戴德斯車門前。

「噢，老天，這麼多人！沒關係，我再多做一點。」他喃喃自語。

「抱歉喔，戴德斯，我們真的都要死了嗎？」田鼠麥文說。

「是啊，」青蛙珊卓大喊，「我正要下單買一艘快艇呢。但是如果我就要死掉的話，那就不用麻煩了。」

小蘭翻了個白眼，站起來說話。

「沒有人會死掉好嗎？」她生氣的說，「大家冷靜一點。我們只是有一個不受歡迎的訪客。大家想想怎麼把牠趕走。誰有點子嗎？」

廣播再次響起，擴音喇叭爆出潘蜜拉粗嘎又響亮的叫聲。

「我會蓋一條超級大的通電圍籬，然後我會咬住電纜，讓它發出啪嗞、啪嗞、啪嗞聲！然後我的羽毛會全部掉光！然後那隻大腳怪會被摧毀！」

「除了潘蜜拉，還有誰想到什麼點子嗎？」戴德斯迅速把廣播關掉，將收音機丟到草叢裡。

有一輛車，在大家後面發動著引擎。是晃頭的哥哥們——莫第、傑若米、傑洛米、傑諾米，他們已經把吉普車修好，手中揮舞著紅色長褲跟一支挖土用的大鏟子。

「大家別怕！」大哥莫第叫道。「我們會搞定牠。我們都是橄欖球隊的隊長——呃，除了晃頭之外——而且我們以前都壓扁過很多隻大腳怪，呵呵！」

「哇，莫第！是真的大腳怪嗎？」晃頭說。

「呃，不是，不是真的大腳怪。」莫第說。「但是，我們有車，我們有鏟子，而且我們**什麼都不怕**。」

莫第說到最後一句，其他貔貅跟著大喊**「什麼都不怕！」**

阿德用手肘碰碰晃頭。

「晃頭，你確定你們是同一家人嗎？你這麼聰明，他們這麼⋯⋯這麼⋯⋯」

晃頭低頭看著阿德。對於加入哥哥的陣容，他並沒有非常瘋狂興奮，但是他想支持他們，就算他們是一群腦袋裝漿糊的肌肉男。

　　「阿德，我知道。但是我跟你說，莫第是真的什麼都不怕。」晃頭說。

　　「那就讓他們去試試看吧？」小蘭對著法蘭克聳聳肩，「他們有吉普車。而且他們體型都很大。」

　　法蘭克點點頭。

　　「是啊，戴德斯，我給鼬獾的提議投贊成票。何不今晚就讓他們去抓大腳怪？再過不久我們就要舉辦跳樹比賽，我可不希望比賽被什麼臭毛怪給毀了。」

　　戴德斯把三個餅乾丟進嘴裡，一邊思考一邊嚼著。

　　「親愛的鼬獾們，如果你們覺得可以抓到這隻大腳怪，那麼我們都支持你們。」戴德斯說。

「太棒了，耶！」大家都說。

「我可以去嗎？」小柳問。

「不行。」大家都說。

「哼。」小柳生起悶氣。

第十章
獵捕

　　阿德、小蘭和小柳走向閃光森林圖書館。麥塔維邀請瘋狂森林的動物到閃光森林暫住，直到鼬獾兄弟抓到神祕的大腳怪。

　　「晃頭不像莫第和傑若米他們那樣強悍，」阿德的語氣帶著擔心，「我不覺得他真的想去獵捕大腳怪。」

「對，他並不想。但這是為了表示義氣。他很棒。」小蘭說。

在天黑之後進入閃光森林圖書館，真是令人興奮。燭光搖曳，整個空間沉浸在金黃色的光芒裡。小柳一步步跳上木製螺旋梯，去找她的543個兄弟姐妹，他們在陽台上坐好，等著聽故事。

阿德看看四周，非常擁擠……但是，好像並不是每個瘋狂森林的居民都在這裡。

「那些松鼠在哪裡呢？」他自言自語。「夏倫在哪？潘蜜拉呢？討厭的蜜蜂飛力呢？」

「有些動物就是沒辦法聽話，」英格麗窩在一張大皮椅上，「難道你以為那隻大老鷹會離開她的塔來這裡嗎？絕對不會。」正說話時，查爾斯爵士擠到英格麗旁邊讀一本書，書名是《呱呱娛樂——演藝鴨的歷史》。

阿德和小蘭找到一個懶骨頭，舒服的躺在上面。「姐姐，我知道今天晚上你想去幫他們。」

阿德說。

「是啊，可能吧。」小蘭嘟嚷說。

阿德靠著姐姐，蜷縮起來。「但是我很高興你沒有去。」他咧嘴笑了，抱了她一下。「最近有出現什麼奇怪的記憶嗎？」他輕輕的問。

「就是同樣的那些東西一直重複。」小蘭說。「每次都會愈來愈清楚、愈來愈強烈。」除

了那支煩人的曲調之外。」

「口哨聲嗎？」阿德問。

「是啊，」小蘭抱怨，「那真的讓我很煩。真希望我能記得它的結尾是怎樣。」

麥塔維坐在溜冰鞋上滑過來。

「噢，我就是希望能看到你們兩個來。」他說。他靠在用來代步的舊溜冰鞋上，掏出一張摺起來的紙。「通常我們不會把書頁撕下來，」他小聲說，「但是這很重要。這是過去五年曾經住過這個區域的每一隻狐狸的紀錄。」

「喔！」阿德說。

麥塔維把紙遞給小蘭。

「不知道會不會有幫助，但是我想你們可能會想看看，誰曾經住在你們的窩裡。看看可能是誰留下你說的那些掌印。」

小蘭點點頭，緊緊握住那張紙。

她希望阿德沒有注意到，她的手掌在顫抖。

「麥塔維，謝謝你。」她說。

他們看著那張清單。

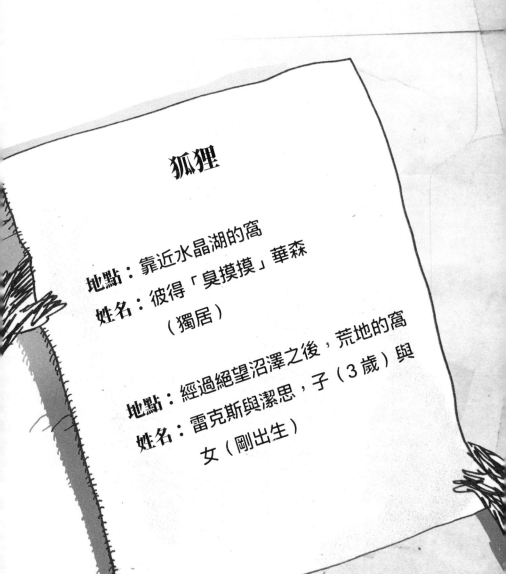

狐狸

地點：靠近水晶湖的窩

姓名：彼得「臭摸摸」華森

（獨居）

地點：經過絕望沼澤之後，荒地的窩

姓名：雷克斯與潔思，子（3歲）與

女（剛出生）

過了一會兒，阿德說：「嗯⋯⋯荒地那個一定就是我們的窩。但他們不會是媽媽和爸爸吧？會嗎？」

小蘭很失望，搖了搖頭。

「不會，這沒有道理，因為他們的兒子比女兒大。唉，不管了。」

她砰的一聲躺回懶骨頭。

阿德回去窩在她身邊。

過了一會兒，他說：「小蘭，沒關係⋯⋯你知道的。我⋯⋯我覺得，你就不要再去想爸媽的事了。」

小蘭沒有說什麼，但是阿德可以聽到她的呼吸聲緩了下來。

「我知道他們愛我們，」阿德說。「我知道，是因為你有多愛我。他們一定對你展現過要怎麼愛。我們曾經跟他們在一起，我就覺得很幸運了，即使只是一下下而已。而且，看看我們四周！

我們現在有了一個龐大的新家庭呢。」

　　小蘭沒有說話，但是她用尾巴把阿德裹起來，緊緊靠著他。

嗚——嗚！請把手帕遞給我，我滿臉都是鼻涕啊！

同時，在瘋狂森林裡，鼬獾們聚集在戴德斯的露營車外，進行出發獵捕大腳怪之前的最後一次開會。身為品格高尚又勇敢的市長，戴德斯拒絕離開瘋狂森林——這表示法蘭克也留在那裡陪他。

「好，你們確定不需要更多夾心餅乾了嗎？」戴德斯懇求著。

「老兄，說真的，你已經讓我們吃撐了。」莫第說。他還戴著全罩式太陽眼鏡，即使現在已經天黑。

「要確定你們的對講機沒有壞掉喔。」法蘭克說。

傑生米
（是哪一個
？！？？）

傑米在一台黑色小裝置上，按下紅色按鈕。一陣輕微的嗞嗞嘶嘶聲之後，他們聽到一個聲音。

　　「嘎！這是特別探員潘蜜拉，聽得到嗎？Over。」

　　「嗯……聽得到。」傑米說。

　　「嘎！笨蛋！用對講機回覆要說『Roger』！Over。」

　　「誰是 Roger ？」傑米膽怯的問。

　　法蘭克翻了個白眼。

　　「隨時跟潘蜜拉保持聯繫好嗎？她會在神奇塔上看著。一旦你們抓到大腳怪，就打給她，明白嗎？」

　　「Roger ！」鼬獾們齊聲說。

　　「你不是叫法蘭克嗎？」最小隻、可能也是最笨的傑米說。

　　晃頭一直都沒講話。

「小伙子，你還好嗎？」法蘭克低聲問，這樣才不會讓其他鼬獾聽到。「你確定不用我跟著嗎？」

晃頭搖搖頭。

「不用，法蘭克，沒關係。我要讓我的哥哥們看看，我跟他們一樣勇敢。」

法蘭克用圓滾滾的貓頭鷹眼，看著晃頭。

「晃頭，你比他們都還要勇敢。」

吉普車開進黑暗的森林裡，戴德斯打了一個好大的嗝。

「對不起，你知道我一緊張就會這樣。噢，法蘭克，我真希望他們能抓到那隻大腳怪。然後我們就能回到正常生活。」

「是啊，如果他們沒抓到，那我們就得把跳樹比賽場地換到閃光森林。他們就會有主場優勢。」法蘭克說。

「幸好有閃光森林，對吧？」戴德斯呵呵

笑，「幸好，上一本書的最後， 閃光森林很多地方都被摧毀了，不然我還真擔心沒有人想回來這裡！」

「什麼上一本書？」法蘭克說。

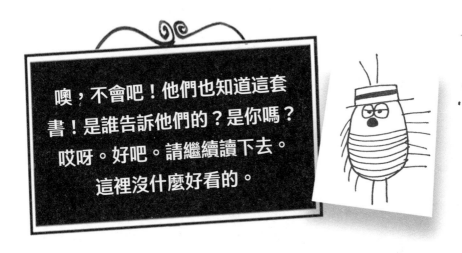

噢，不會吧！他們也知道這套書！是誰告訴他們的？是你嗎？哎呀。好吧。請繼續讀下去。這裡沒什麼好看的。

鼬獾們在瘋狂森林裡到處遊蕩，已經好幾個小時過去了。

「已經沒有零食了。」晃頭難過的往背包裡看了看。

然後，他的耳朵豎起來了。他聽到遠處有一陣「咚、咚、咚」。

就像大腳怪會發出的沉重腳步聲。

「莫第！停車！」晃頭小聲說。

莫第慢慢減速，最後完全停下來。

「關掉引擎，我聽到一個聲音……還有，那是什麼可怕的味道？傑洛米，是你嗎？」晃頭悄聲說。

「絕對不是！」三個傑洛米都說。

「別那麼大聲！」莫第小聲叫。

鼬獾兄弟靜靜坐著。

咚、咚、咚……

「好了，兄弟們，我們該用走路的方式靠近牠了。晃頭，你走前面。」莫第說。

「呃……唔……好吧。」晃頭在發抖。

他一手緊抓著網球拍，另一隻手拿著一個手電筒。他們立刻循著咚咚咚的聲音，躡手躡腳鑽

進森林裡。

他們愈來愈靠近，晃頭聽到一陣奇怪的窸窸窣窣聲。那會是什麼呢？是大腳怪在磨爪子嗎？

沒多久，他們來到一大叢薊花後面。咚咚聲來自另一頭。

「嗯……老弟，最好是你先去看看，」莫第怕得發抖，「我不想光環都落在我身上啦，哈哈！」

晃頭舉起網球拍。他閉上眼睛，想像自己面對著可怕的大腳怪。

而且，他很勇敢的站起來。

「呀──呀！」他在臉前揮舞著球拍大喊。發現自己沒有被吃掉，於是睜開眼睛。

他看到一群松鼠。

戴著耳機。

在跳舞。

「搞什麼鬼？」

其他鼬獾看到晃頭沒有被吃掉，紛紛站了起來。

「我想，他們是在開一個不發出聲音的迪斯可舞會。」晃頭說。

當然，在場還有趴踢烏鴉夏倫，她戴著耳機和太陽眼鏡，在空中揮舞翅膀。咚咚聲是這些松鼠隨著節奏一起跳躍的聲音。

「**噢嘎！**」夏倫看到晃頭時大喊，「快來跟我們一起玩！大腳怪也不能阻擋我狂歡！」

她拿起一盆果凍放在頭上，只是想讓大家發笑。

「夏倫，我不用，謝謝。」晃頭很懂事。但是莫第、傑若米、傑諾米、

傑洛米，把晃頭推到旁邊去。

等到晃頭爬回來時，大家都在跳舞。

「**噢嘎！**」夏倫一邊吶喊，一邊丟爆米花跟棒棒糖給大家。

晃頭心想：哎呀，好吧，既然大家都在跳了。他戴上耳機，開始跳一種奇怪的滑步。

夏倫播放另一首歌。這首一定是松鼠最喜歡的，因為他們全都瘋狂了起來，其中一隻松鼠大叫：

「跳～樹～！」

其中一隻大聲喊出這句，所有松鼠都變成毛茸茸的骨牌，開始跟著音樂節奏跳樹，小小的黑影迅速穿梭著。晃頭開始笑了起來。他已經忘記跳舞是多麼有趣！或許他以前太嚴肅了？或許他們應該好好的玩耍，而不是……做他們本來應該要做的事？

接著，晃頭又聞到那股臭味。他低頭看看泥巴，沒錯，泥巴上有一個很大的腳印。

「呃，兄弟們？」晃頭結結巴巴，指著那個腳印。

但是沒有人聽得到他說的話。

突然，有一個洪亮的吼叫聲，聲音大到淹沒了每個耳機裡傳出的音樂。

「怪獸！」穿著一雙發光球鞋的松鼠馬丁大喊。「在那裡！在樹林裡！**大家快逃啊！**」

然後他就昏倒了。

晃頭看看馬丁所指的地方，沒錯，有一個陰影正穿越森林而來。

「我們的機會來了！」晃頭大喊。「兄弟們，快拿網子，網子！」

傑洛米、傑諾米、傑若米三隻鼬獾急忙掏背包，拖出一個破舊的足球門網，這是在戴德斯的露營車附近找到的。

晃頭一馬當先，在頭上揮舞著他的網球拍。松鼠們還在到處跳樹，這樣根本很難看得清楚。夏倫則在吹著她的派對小笛。

「**噢嘎！**我們來開怪獸趴踢，噢耶！」她叫道。

現在晃頭靠得很近，可以看到那個大腳怪的陰影了。那個陰影在樹叢之間搖搖晃晃，身形比晃頭還高大，而且牠的頭部好像是一個奇怪的三角形。晃頭做了個深呼吸……舉起網球拍用力往牠頭上敲下去。那個陰影尖叫一聲，癱倒在地上。

「兄弟們，快！」晃頭大叫，「把網子丟到牠身上！」

鼬獾兄弟把網子丟向那個深色的身體，然後在頂端打個結，這樣大腳怪就跑不掉了。

晃頭按下對講機的按鈕。

「潘蜜拉！快接聽，潘蜜拉，有沒有聽到？

我是晃頭！」

　　一陣嗞嗞嘶嘶聲。

　　「嘎！這是探員潘蜜拉。發生什麼事？ Over。」

　　「我們抓到那個大傢伙了！」晃頭說，「我們抓到牠了！我們抓到大腳怪！！！」

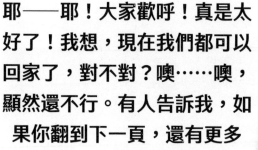

耶──耶！大家歡呼！真是太好了！我想，現在我們都可以回家了，對不對？噢……噢，顯然還不行。有人告訴我，如果你翻到下一頁，還有更多「故事」。真是想不到呀。

第十一章
笛音

鼬獾兄弟急忙把那個扭動的龐然大物搬到吉普車後座，然後往戴德斯的露營車全速狂飆。

「大腳怪來了！」莫第在吉普車急剎停住時大喊。戴德斯被嚇得上下跳動。

「讓我看看，讓我看看！噢，我不敢看！」他語無倫次。

潘蜜拉在上空盤旋，如果大腳怪造成任何麻煩，她就會發動攻擊。

「兄弟們，用力抬！」莫第大叫。鼬獾兄弟把那一大團扭動的網子搬到地上，然後全都往後跳開，因為網子裡的那個東西開始掙脫。

一根松鼠尾巴突然伸出來。

法蘭克翻了個白眼。「噢，看在老天的份上。」他嘆了一口氣，然後飛過去用爪子搖晃那張網子。

五隻松鼠滾了出來，看起來暈頭脹腦而且搞不清楚狀況。其中一隻松鼠頭上套了一個三角錐，拔不下來。

「噢喔。」莫第說。

「唉，天哪。」戴德斯說。

「現在到底是怎樣？我感覺不到自己的臉啊……」那隻被三角錐卡住的松鼠名叫阿杰，他說著說著就撞上一棵樹。

「我想是三角錐讓他看不見。」晃頭說。

法蘭克從地上啄起一隻蟲，一邊咀嚼一邊沉思。「笨蛋。我周圍真的都是一群笨蛋。」他無奈的說。

「其實，我是個合格的外科醫師。」那隻蟲說，但是才說完他就死了。

隔天，在閃光森林的圖書館，小柳和阿德在陽台上丟擲紙飛機。

「哇，看它們好會飛！」小柳大喊，她的紙飛機轉了一個圈，然後直接撞上戴德斯的鼻子。

「噢！戴德斯來了！」阿德說。「我們去看看他們是不是捉到大腳怪了！」

阿德和小柳抓住陽台欄杆溜下去，降落在戴德斯的腳上。麥塔維正在吃果醬甜甜圈。戴德斯帶了一籃子的甜甜圈來。

「沒捉到，對不對？」小柳的眼睛瞇了起來。「所以你才會帶甜甜圈來。『壞消息甜甜圈』，對不對？」

戴德斯突然爆哭，點了點頭。

「那隻動物還不知道在哪裡！我們的家園被占領了！」

他哭得好大聲，大家都停下動作，驚訝看著戴德斯毛茸茸的悲傷臉孔，噴出一堆眼淚、口水、鼻涕。

「好了、好了，戴德斯，你們就留在這裡，

想留多久都可以啊。」麥塔維說。

「你真好心，但是我們總不能永遠待在這裡。」戴德斯吸吸鼻子。

大腳怪還沒被捕捉到的這個消息一傳開，圖書館裡到處都是竊竊私語的聲音。

「這樣太好了！」小柳小聲對阿德說。

「為什麼？」阿德問。

「因為這表示，那隻怪獸**還在外面遊蕩**。我們可以去捉牠！」小柳做出迴旋踢的動作。

「那今晚的跳樹比賽怎麼辦？」法蘭克問。

「我們可以取消嗎？」麥塔維說。

戴德斯抹了抹他大大的鼻孔。

「法蘭克，你覺得怎麼樣呢？」

「不行，」法蘭克拍動他大大的貓頭鷹翅膀，「為了這隻誰都沒見過的怪獸，搬來搬去，我已經受夠了。我認為應該照常比賽。我們可以派人守衛。」

麥塔維點點頭。

「我贊成，」他說，「誰知道呢？或許跳樹比賽的吵鬧聲可能會把那個……那個外來者嚇跑吧。」

戴德斯站起來，點了點頂著大鹿角的頭。

「你說得完全沒錯，」他說，「我們才不要為了什麼白痴大腳怪，離開自己的家園！」

他隨手在地上撿起一個擴音器（就是這麼剛好，沒什麼啦。）

「朋友們，請注意！大家可能知道，昨天晚上，我們勇敢又高貴的鼬獾，去對付所謂的瘋狂森林大腳怪。不過，其實他們捉到的是，瘋狂森林跳樹隊的大部分隊員，正在開一場無聲的迪斯可舞會……」

「什——麼！」小紅大喊，揮舞拳頭。

「總之，我們**不願意**離開家園！不管有沒有怪獸，**瘋狂森林跟閃光森林今天晚上**

的跳樹友誼賽，如期舉行！」戴德斯說。

「耶！」

「太棒了！」

「噢，討厭。」

　　法蘭克悄悄走近那堆看起來疲憊不堪的松鼠。這就是瘋狂森林的跳樹隊。

「隊員們，剛才說的，你們聽到了嗎？」法蘭克大喊。

這些松鼠發出哼哼聲，抓搔著他們小小的、毛茸茸的頭。

法蘭克繼續說，「花了半個晚上跳迪斯可，這不是我認為適合的訓練。阿杰，卡在頭上的三角錐，終於拿下來了，是吧？」

阿杰點點頭，揉揉脹痛的頭。大多數的松鼠都一夜沒睡，現在睜著眼睛都快睡著了。

「現在，你們每個都要喝一瓶『大鹿角精力湯』，」法蘭克嚴厲的說，並把一箱綠色瓶子推向他們，「小蘭在哪裡？」

「她出去了，」松鼠馬丁說，「她說她要透透氣。」

「是嗎？」法蘭克說。他抬頭，看到可汗醫師坐在一張扶手椅上，閱讀一本看起來非常嚴肅的書。

「抱歉，醫生，打擾你一下。」

「法蘭克，有什麼需要幫忙嗎？」可汗醫師把書擺低，他的鳥嘴從書本上面露出來。

法蘭克朝著門的方向點了點頭。

「我們的狐狸朋友。她還是不太對勁。我想是因為那些惡夢。她是我跳樹隊的明星選手，今晚我需要她全力以赴。你可以幫忙嗎？」

可汗醫師放下書。

「嗯……這個嘛，我最近讀了更多關於這種事情的書。你知道嗎？很多事情都能喚醒塵封的記憶，某些地點、氣味、歌曲……」

「她最近幾天都在試著以口哨吹出曲調。」法蘭克說。

可汗醫師跳下扶手椅，搖搖擺擺走過去拿他的公事包。

「我想，有些東西可能會有幫助。交給我吧。」他輕聲說。

小蘭坐在水晶湖畔，陽光照耀在清澈晶亮的湖面。不時就有穿著閃亮緊身衣的松鼠飛過頭頂，閃光森林的跳樹隊正在進行賽前練習。小蘭伸展了一下她的手腳。她知道眼前有更大的問題，像是有一隻大怪獸在瘋狂森林裡引起恐慌，但是她還是非常期待跳樹比賽。在樹梢間跳來跳去的競賽，就是她現在需要的。

　　小蘭昨晚又做了一個奇怪的夢。她聽到那個同樣旋律的口哨聲，就是那首聽起來既快樂又悲傷的曲子。她試著用口哨吹出來，但是她不知道怎麼吹口哨，結果口水噴得到處都是。

　　「哈囉，狐狸。我記得你喜歡喝咖啡，對吧。」可汗醫師輕輕放了一杯在小蘭的手邊。

　　「噢，醫師謝謝。」她迫不及待的大口喝下咖啡。

　　「我自己是比較喜歡茶。」可汗醫師說，「你剛剛是想吹口哨嗎？」

小蘭點點頭，不好意思的笑一笑。

「是啊。除了我不會吹口哨。這就是我一直在夢裡聽到的那首曲子⋯⋯我記得開頭和中間，但是不記得最後。」

可汗醫師點點頭，打開他的公事包，抽出一隻小木笛。

「你有沒有吹過笛子？」他輕鬆的問，「很簡單的」。

他把木笛遞給小蘭。

小蘭嗚嗚嗚的吹了幾聲。

「哎呀，我不會，」她說，「感覺我好像是個傻瓜。」

可汗醫師對小蘭皺了皺眉頭，希望她再努力嘗試一下。

所以，她舉起木笛到嘴邊，吹奏出來。

可汗醫師教她如何用手掌蓋住孔洞，發出不同高低的聲音。小蘭發現，他說的沒錯，這真的

還滿容易學的。

「這木笛你可以留著，」可汗醫師說，「繼續練習，很快你就能吹奏你聽到的曲調。再見了，狐狸。」

小蘭對可汗醫師揮了揮手，開始練習吹奏她的新樂器。她以前不太碰音樂的，那比較像是阿德會做的事。不過，她慢慢能吹奏出那些音符。呃，大部分啦。如果，她能記得最後那段……

「哇哈哈哈！你在吹什麼呀？」小柳大喊著，跳到小蘭身邊。

小蘭迅速放下木笛。

「沒什麼。」她還把小柳推開。

「小蘭，他們沒抓到大腳怪。」阿德說。

「噢，我不驚訝啦。戴德斯怎麼樣？」小蘭問。

「他哭了，總之，法蘭克希望你在今天晚上比賽之前，回去瘋狂森林練習跳樹。」」小柳說。

「好吧，我過一會兒就回去。」小蘭說。

「姐姐，你還好嗎？」阿德問。

「我沒事，只是需要一點自己的時間。我等一下就回去，OK？」小蘭說。

　阿德給了小蘭一個擁抱，然後就蹦蹦跳跳去追小柳了。

「喂，阿德！」小蘭在他背後叫。

「什麼事？」

「為什麼小柳拿著一支鏟子？」

小柳聽到小蘭的聲音，轉過身來。

「因為我現在對圖藝很有興趣！」她大喊。

小蘭皺起眉頭。

「蠢兔子。」她嘀咕。但是她把注意力放回木笛上，試著吹奏出那首歌曲她記不清楚的最後一部分。

你們都不知道，我會敲木琴噢。而且我從來沒有上過課呢！

第十二章
跳樹

　　跳樹比賽那天傍晚，小蘭和其他跳樹隊員正在做暖身運動。松鼠們互相拉伸尾巴，在原地小跑步，還大喊著「**呼——哈！**」之類的口號。

　　鼬獾們同意在比賽時巡邏跳樹場地。莫第對於這個重要的新工作感到非常興奮，他要兄弟們都穿上亮黃色的反光背心，背心背後寫著「保

175

全」二字。

「各位，這次我們不會讓那個壞蛋跑掉了！」莫第靠在吉普車門上，隨意轉動著套在手上的手電筒。

閃光森林跳樹隊，看起來比平常更緊張。

「隊長，你好嗎？」小蘭對閃光森林跳樹隊隊長芮娜說。

芮娜笑了笑。

「嗯……是的，我們有點緊張。」她說，「有些隊員擔心會被你的老鷹朋友吃掉。有些隊員則是擔心那隻大怪獸。」

「那，你擔不擔心呢？」小蘭問。

「不會啦，」芮娜嗤之以鼻，「我只擔心能不能贏得比賽。」

戴德斯拿著兩個椰子殼，互相敲擊。「跳樹比賽，**開始！**」

你知道什麼是**跳樹比賽**，不是嗎？這是一種古老的森林活動，松鼠們（還有狐狸小蘭）會從一棵樹跳到另一棵樹，互相碰撞並盡量不落到地面。拜託，不要叫我再解釋一次了。**噢！我剛剛解釋過了嗎？**太好了！

阿德和小柳正在進行祕密行動。

「太讚了！」小柳一邊說，一邊在阿德鼻子上抹泥巴，「你看起來很強悍的樣子。」

阿德皺著眉頭。

「我不確定喔。」他說。

小柳撕破了一件她姐姐的 T 恤，拿了一條帶子綁在阿德的前額上。

「工具都帶了嗎？」

阿德檢查他的背包。

「是的，」他說。「我們有手電筒、筆記本、對講機、一面小鏡子、幾支鉛筆、一支口琴、一瓶茶，還有一些奶油夾心餅乾。」

「很好。你記得帶上奶油夾心餅乾，這**非常重要**。」小柳說。

阿德試著微笑，但是他其實心不在焉。

「小柳，我不知道……我對這事有些擔心」阿德低聲說。

小柳瞇起眼睛。

「阿德，不要當個膽小鬼，你說你會跟我一起去！」她生氣的說。

「我會跟你一起去，我只是……不想被大腳怪殺了。」阿德說。

小柳哼了一聲，繼續調整她臉上的油彩。

「我們甚至不知道，那隻大腳怪到底有沒有

真的殺掉誰，牠可能很友善啊！」小柳說。

「那些掉下來的輪胎，差點就把小蘭壓死了，這感覺不算很友善吧！」阿德把背包甩起來背上肩。

小柳還為她從晃頭吉普車上「借來」的鏟子，做了一條背帶。

他們躡手躡腳爬出狐狸窩。四周一片寂靜。接著他們聽到遠處傳來「**跳樹！**」的聲音。

「太好了，比賽已經開始了。」小柳說。

她在空中揮舞著手掌。

「怪獸獵人 ── **出發！**」小柳大喊。

「怪獸獵人，出發⋯⋯」阿德咕噥著，小心翼翼的跟小柳擊掌。

> 這一切聽起來都很合理，我相信他們不會幹出傻事、或是做出不負責任的行為。

潘蜜拉正在大發脾氣。

她最好的朋友，趴踢烏鴉夏倫，在跳樹比賽擔任啦啦隊以及首席 DJ。但是潘蜜拉卻被要求不准出席，因為那次「婚禮意外」。

「這些動物真的都太敏感了，」她抱怨說，「以前我想吃什麼就吃什麼，沒有人會吭一聲！現在呢，都是『他們是我的朋友』啦，『那是他們結婚的日子』啦……哼。」

於是，潘蜜拉把注意力轉向監視器螢幕上。

接著她拿出一罐檸檬汽水搖一搖，再打開瓶蓋，好讓汽水全噴到她臉上，這是她最喜歡的喝飲料方式。她忙著咕嚕咕嚕喝檸檬汽水，沒有注意到阿德和小柳正穿越森林，他們毛茸茸的小肚子貼著地面匍匐前進。

「你有沒有看到什麼東西？」阿德悄聲說。

「沒有，繼續前進。」小柳說。

他們用手電筒掃視前方，希望能發現更多腳印。他們大約位在小池塘上方的某處，正往樹林深處前進。確定的是，離跳樹比賽的加油聲已經很遠了。

是阿德先發現腳印的。

「小柳！」他小聲喊，「看！」

阿德用手電筒一照，小柳看到六個形狀非常清楚的怪獸腳印，她驚呼一聲。

「大腳怪就在附近！」小柳說。她舉起可愛的小鼻子，抽動了幾下。

「我聞得到牠，我發誓！」小柳小聲說，感覺非常戲劇性和重要。

小柳開始解開鏟子的背帶。

阿德抬頭往上看。他們在一棵張牙舞爪的大橡樹下面。阿德在發抖，因為這一切都有點

可怕。

小柳把鏟子扔給阿德。「快！開始挖！」

於是阿德開始挖掘。

老實說，我不是很喜歡園藝鏟子。我的表弟納維爾，他有六隻手就是被鏟子挖掉的。那時候是夏天，我們正在烤肉，**真是掃興**。

這時候，跳樹比賽進行到一半。比數是閃光森林 6、瘋狂森林 625。計分系統讓人摸不著頭緒。

「你們做得很好。保持專注！」法蘭克一邊說著，一邊發下一瓶瓶大鹿角精力湯。

小蘭一飲而盡，然後用毛巾擦擦嘴。

「不是應該由你的助理來發精力湯嗎？小柳

在哪裡？」小蘭問。

法蘭克皺起眉頭。

小蘭站起來，掃視群眾。阿德和小柳從來不會錯過跳樹比賽。

「阿德在哪裡？法蘭克，他們去哪裡了？」」小蘭低聲問。

「小柳跟我說，你不讓她和阿德來看比賽。」他突然擔心起來，「她說你不讓他們靠近有怪獸出沒的地方……」法蘭克話還沒說完就發現，原來小柳在跟他胡說八道。

「法蘭克，我從來沒那樣說過，那隻蠢兔子！她要是讓阿德惹上麻煩……」

小蘭脫掉安全帽，扔到地上，並拆掉她的隊長臂章。

「對不起，法蘭克。我不能參加下半場比賽了。我得去找阿德。」

法蘭克眼睜睜看著他的隊長跑進森林裡，嘆

了一口氣。

「小紅，換你上場。」他從一包家庭號起司點心球的零食袋裡，把這隻松鼠拽出來。

阿德坐在那棵橡樹的一根低枝上，他往上爬到下一根樹枝，然後慢慢移動到樹梢，這樣才能離地高高懸掛。

在他的下方，小柳正拖來樹幹和樹枝，覆蓋在一個很深的坑洞上。

「小柳，我不確定我想被當成怪獸的誘餌。」阿德緊張的說。

「沒事的！」小柳說，「我從書上讀到，設陷阱是捕捉獵物的好辦法。怪獸會來抓你，但是牠還沒抓到你就會掉進這個洞裡。一定會有用的！」

你確定嗎？

小柳抹了抹手掌，把泥塊和樹皮拍掉，然後趴下。

「準備好了嗎？」她叫道。

「準備好了。」阿德慘兮兮的說。他伸手到背包裡，拿出口琴和奶油夾心餅乾，然後把餅乾扔給了小柳。

「太好了！」小柳說。她自己先吃了一口，然後把餅乾屑撒在陷阱四周。

「大家都喜歡吃奶油夾心餅乾。」小柳說，「大腳怪一聞到味道，就會直接掉進我們的陷阱裡！」

「小柳，告訴我——為什麼是我坐在這裡呢？」阿德說。

「因為你比較大隻啊，大腳怪肯定比較想吃你，而不是這麼小隻的我。」小柳說。

「喔，是這樣啊。」阿德難過的說。

「而且，我更像是捕捉怪獸的忍者，」小柳

繼續說，「那隻怪獸掉進洞裡的時候，我會用更多樹枝和其他東西把洞蓋住，這樣牠就跑不掉了。然後，你就用對講機通知潘蜜拉，讓她告訴大家，我們捉到怪獸了！」

「好。」阿德的聲音有點顫抖。

「然後，我們就會成為英雄，去哪裡都坐著金色長禮車，我們會上電視受訪，我們會變得很**有名**……」

附近傳來一陣沙沙聲跟咚咚聲。

阿德低聲嗚咽。

小柳驚呼一聲，立刻閃進草叢裡。

「阿德，就是現在！」她小聲說。

阿德把口琴放到嘴邊，他的手掌在顫抖。他開始吹奏──非常輕柔的。

「大聲一點！」小柳悄聲說，「我們要怪獸來**找你**啊，對吧？」

阿德並不完全確定，他真的想要怪獸來找

他，但他仍勇
敢的把口琴吹
奏得更大聲。

　　沙沙聲跟
咚咚聲又更響
了一點。

　　接著，有些樹枝
移動了。

　　一個陰影出現。

　　毫無疑問的，大腳怪就在**這裡**。

* 昏倒 *

第十三章
怪獸

　　當怪獸搖搖晃晃的朝著他走來，阿德尖叫了起來。那個黑色的身影跳到半空中，抓住阿德所在的枝幹，在陷阱上方晃來晃去。

　　「不——不要啊！」阿德大喊，並爬往更高的枝幹上。

　　小柳從刺刺的灌木叢後面跑出來，揮舞著一截樹枝。

「放開那根樹枝，臭大腳怪！快放手！」她大吼。

但是，怪獸卻緊緊抓住不放。牠搖晃樹枝，樹枝開始變彎。

「小柳！」阿德大叫，「樹枝快要折斷了！我們兩個都會掉下去！」

「哎呀，」小柳搔搔鼻子，「我沒想到這一點。」

「啊——啊！」當那根樹枝斷裂開來，阿德大叫。他往後摔倒，眼看著就要掉進陷阱裡……

但是，千鈞一髮之際，那隻怪獸抓住阿德的腳掌。

「蛤？」阿德說。

阿德看了好久，看到一對晶亮亮的眼睛在黑暗中對他眨眼。

這時，一陣**咆哮**。

不是那隻怪獸發出來的。

「**放開我弟弟！**」小蘭怒吼，以跳樹冠軍之姿飛撲過來。

她撞向阿德和那隻大腳怪，把他們從陷阱上推開，並掉落在地面。

小柳抓住阿德，把他拖開。小蘭被大腳怪壓住，牠正在掙扎打滾和呻吟。

「把牠推到那裡！」小柳指著陷阱，對小蘭叫著。

小蘭咬緊牙關，用力把自己撐起來，將大腳怪推滾到蓋住深坑洞的樹枝上。

「**啊──啊──啊！**」那隻怪獸大聲尖叫。那些樹枝斷裂，牠**咚**的一聲掉進坑洞裡。

小蘭、小柳和阿德三人躺在地上，不停的喘著氣。

「成功了！」小柳上氣不接下氣的，眼睛閃閃發光，「我的陷阱成功了！**哎呀！**」

　　小蘭抓住小柳的耳朵把她提起來，像一隻沙鈴那樣搖晃。

　　「你這隻蠢兔子，到底在想什麼？」她氣得大罵。

　　「小蘭，這個點子我也有份啦！」還躺在地上的阿德喊著。

　　「讓我我……我們們……先看看……那隻……怪怪獸……」小柳說。

　　小蘭停止搖晃小柳，鬆手讓她「砰」的掉到地上。

　　他們三個慢慢的爬到那個坑洞邊緣。

　　他們看到枝幹和樹枝底下，埋了一個黑色大

塊頭。

　　接著，一顆頭冒了出來。

　　「哈囉！」牠說，「你們好。」

「大腳怪會**講話**耶！**太酷了！**」小柳說。

「我不是大腳怪！」那個聲音聽起來沙啞又粗嘎，牠再把頭伸出來一點。「我是一隻狐狸！」

小蘭和阿德看了看彼此。小蘭皺起眉頭，阿德眼睛睜大，他到處翻找手電筒，然後打開燈光照進坑洞裡。

慢慢的、非常緩慢的，那隻怪獸站了起來。在手電筒照射之下，他們可以看到那隻動物身上裹著很多毯子和破布，讓牠看起來很巨大。牠戴著一頂毛茸茸的大帽子，背著很大的背包，上面吊著鍋子、盤子，一根釣竿也伸了出來，還有一綑繩子。果然，在這堆東西之中，有一隻狐狸。

一隻非常泥濘、非常臭的狐狸。

「**你是誰？**」小蘭大喊，她手裡拿著一根樹枝指著他，以防萬一。

那隻狐狸笑了。

「你一定是小蘭了。」他說。

小蘭怒氣橫生，毛都豎起來了。

「你怎麼知道我的名字？」她兇狠的說。

但是，那隻狐狸繼續笑著，又看看阿德。

「那，你一定是……阿德？」他說。接著他開始咳嗽，是那種很疲累的乾咳。

「哇！」阿德說。他開始蹦蹦跳跳，忘記了害怕。「沒錯！沒錯，我就是阿德！哈囉！」

「那我叫什麼名字呢，**通靈狐狸？**」小柳叫道。

「這我恐怕就不知道了。」那隻狐狸說。

「哈！我就知道。」小柳說，其實她也不太確定自己說這句話是什麼意思，不過，聽起來很酷就好了。

小蘭看看四周，找到一個有稜角又沉重的石頭。她放下手上的樹枝，撿起石頭，瞄準洞裡的那隻狐狸。

「再問最後一次，不然我就用這顆石頭砸你的頭。**你是誰？**」小蘭怒吼。

那隻狐狸看起來很害怕，往後退縮了一點。

「不要這樣，小蘭。聽我說，我很抱歉，但是，說出來並不容易……」

那隻狐狸嘆了一大口氣。

「我叫阿福，我……我是你們的哥哥。」

什麼？？？！！！！
我得坐下來。你是坐著的嗎？
我想我們都必須坐下來。

「噢！什、麼、鬼、啊，我要**瘋了——！**」小柳說。

小蘭用手掌搓搓自己的臉。

「你再說一次。」她說。

「我是你們的哥哥，阿福。」那個聲音說，「我已經找了你們好久。所以我才會在這裡。」

阿德的眼睛盈滿淚水，他看看小蘭、看看阿福，又回頭看看小蘭。

「真不敢相信！」他輕聲說，「我竟然有個哥哥！」

「拜託……可不可以先把我弄出這個洞？」阿福沙啞的說。接著他又咳了起來，咳得滿嚴重的。

「不行，你要待在裡面。」小蘭很兇。

阿德安靜的從背包拿出他的水壺。

「這個給你，」他把水壺丟進洞裡，「你聽起來需要喝點東西。」

小蘭瞪著阿德。

「你在幹麼？」她低聲斥喝。

阿德聳了聳肩。

「小蘭，他的聲音聽起來很虛弱……不管他是誰。」阿德說。

他們聽到阿福咕嚕咕嚕，喝著阿德水壺裡的水。

「噢，真是謝謝你，」阿福說。他的聲音聽起來清楚多了。「這是我這幾週第一次喝到像樣的飲料。我一直是在那個混濁的鴨子池塘裡喝水。」

小柳皺皺鼻子。

「老兄，那地方的水還是不要喝比較好。」

「憑什麼要我相信你說的話？」小蘭怒吼，「我沒有什麼哥哥。我從來沒有什麼哥哥。你胡說八道想嚇唬我們，我不喜歡這樣。」

阿福手忙腳亂的翻找東西。

「等一下，讓我證明給你看。」

哐啷哐啷的翻找了好一陣子。然後，阿德的水壺被丟出坑洞，落在小蘭腳邊。

「打開它。」阿福說。

小蘭打開水壺，將它倒過來，掉出一疊用繩子綑綁的明信片，她把這些明信片撿起來。

「嘿！這些是我寫的！是我寄到大城給爸爸、媽媽的明信片！」阿德說。

小蘭的手掌開始發抖。

「是啊，」阿福說，「所以我才知道你們在瘋狂森林。我……我離開好幾年了。就是……到處旅行。後來，幾週前我回到那個窩，發現這些明信片。」

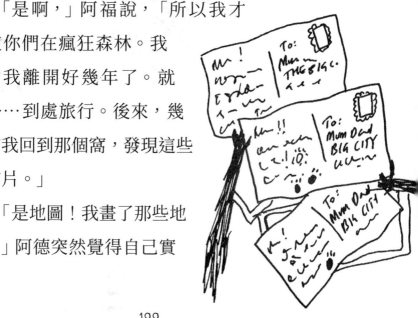

「是地圖！我畫了那些地圖。」阿德突然覺得自己實

在很棒。

小蘭搖搖頭。

「騙人，你怎麼不直接告訴我們就好？為什麼要躲躲藏藏，假裝成怪獸？」

「我試過啊！」阿福說，「但是，總是找不到對的時機。這個地方，每天都有好多事情發生。有一天下午，我正要告訴你們，但是那天竟然有婚禮，然後那隻老鷹……」

小柳呵呵笑了，翻了個白眼。

「啊，瘋狂的時光。」她懷念的說。

「還有好多食物，」阿福說，「我餓壞了。我已經好幾天沒有吃東西。趁著你們不注意，我……我就……」

「你就偷走食物。」小蘭說。

「對，」阿福終於說，「對不起。但是我必須那樣。隔天我看到你們，我想打招呼，但是我之前睡在那堆橡膠輪胎裡……有人放火！我的

尾巴還有其他地方都燒焦了，我一直沒辦法把毛上的黑渣弄掉。」

阿德看著他寫的這些明信片。他似乎不像小蘭那麼心慌。

「你的腳有多大？」阿德問。

「哈！」阿福說，「以我這個年紀的狐狸來說，是正常尺寸。但是，被野狗追過之後，我的腳痛得要命。」

「野狗！哇！」阿德高聲說。

阿福虛弱的笑了一笑。

「是啊，那真不好玩。野狗追了我整整一天一夜。我的腳掌割出好幾條傷痕。但是，後來我找到這些東西……等我一下。」

又是一陣翻找，他們看到阿福彎腰解開腳上的某個東西。

他拋出一個看起來像長了毛的網球拍。

「我想，這些是舊的雪靴，」他說，「我在

一個垃圾場找到的，就在瘋狂森林外面。穿著它們走路有點難，但它們幫助我的腳掌好起來。」

小柳跳過去抓住那個東西，接著用它在泥巴上印出腳印。

「大腳怪的腳印！」她喃喃的說，「我可以跟你要另一隻嗎？我要用這個好東西來嚇唬我的兄弟姐妹。」

小蘭突然搖了搖頭，彷彿這才想起小柳的存在。

「小兔子，你回去找大家，就說……我們需要幫忙。」

小柳敬個禮。

「阿福，等會兒見囉！」小柳大喊，「關於陷阱，抱歉啦……

但是那很酷，對

不對？」

阿福呵呵笑了。

「是啊。你真的把我困住了。」

小柳蹦蹦跳跳回去告訴大家這個**天大的八卦**。

「小蘭，我知道你很不高興，但是……可以把我從這個洞弄上去嗎？」阿福說。

「不行，除非你解釋清楚。」小蘭說。

阿德淚水在眼眶中打轉，抬頭看著姐姐。

「噢，姐姐，我們要給他一個機會啊！」

「不行，阿德，我們不能相信他。他是一隻跟我們沒有關係的狐狸，他只是找到你寫的明信片，就跑來這裡嚇唬我們。」

「但是，跟我們沒有關係的狐狸，怎麼會這麼麻煩來找我們？」阿德說，「我們又沒有東西可以給他。拜託，小蘭，看在我的份上。」

小蘭嘆了一口氣，閉上眼睛幾秒鐘。

「好吧。」她不高興的說。

「阿福，我們會幫你上來！」阿德叫道，他解下自己的圍巾，垂降到洞裡。

「但是，如果你敢動我或我弟弟一根寒毛，你就完蛋了。」小蘭補上一句。

嗯。完蛋。對不起，現在還沒到吃蛋的時間吧？

　　阿德升了一個小火堆，三隻狐狸圍坐在火堆旁。阿德和小蘭在同一邊，阿福在另一邊。阿福拿掉身上那些骯髒的毯子和破布，阿德和小蘭看得非常清楚，他就是一隻狐狸。在火光照射下，阿德仔細看著阿福。他的耳朵凹凸不平，身上的毛糾結成團，鬍鬚歪七扭八。他身上有舊輪胎味、臭沼澤味，還有一些不知道是什麼的味道。不過，他疲累的眼睛卻是閃閃發光。

小蘭瞪著阿福，充滿疑心。

「我知道我很臭，」阿福怯懦的說，「我在樹林裡過了好幾夜。剛來的時候，我掉進那個可怕的沼澤，沒辦法把這些臭泥巴弄掉。結果味道就愈來愈糟糕，你知道嗎？我試著在那個小池塘裡洗個澡，但是我被那些呱呱叫的鴨子嚇跑了。他們很兇，對不對？」

小蘭凝視著火堆，不願意抬頭看。

「你繼續講，為什麼我們要相信你是我們的哥哥？」小蘭不高興的說。

阿福清清喉嚨，離火堆近一點。

「你說的也沒錯。那，你們坐舒服點，因為說來話長。」

你有毯子嗎？
我想我們都應該蓋一件
毯子。

阿福的故事

　　我們離開瘋狂森林的時候，小蘭，你還是個狐狸寶寶。沒錯──媽媽和爸爸來自瘋狂森林！我看到阿德的明信片時，高興極了。你們不知道這裡本來是我們的家，但是竟然找到回家的路！你們兩個真是聰明。

　　總之，小蘭那時還是狐狸寶寶。但是我年紀大一些，已經可以自己出去探索。

那個時候，有很多人類在這附近騎馬。他們會帶著憤怒的狗在這裡奔馳，想抓我們這些狐狸。這種活動真的很討厭。有一天，我差一點被抓住。看看我這隻耳朵，缺了一角對吧？就是他們害的。總之，那件事把媽媽、爸爸嚇壞了，他們覺得瘋狂森林太危險了。他們聽說，很多狐狸在大城過得還不錯。其實，爸爸不太想搬走，但是媽媽一直蠻喜歡旅行的，你們知道嗎？我想，我比較像她。浪人，你們知道這個名詞嗎？就是不喜歡在一個地方待太久的人。

所以我們就離開了，我們四個——媽媽、爸爸、我和你，小蘭。然後我們才剛到大城不久，阿德你就出生了。爸媽忙著照顧你們兩個。但是，沒關係。我喜歡在大城到處閒晃，大部分

時間，我都在外面遊蕩。小蘭，或許這就是爲什麼你不太記得我。我那時很年輕，只想跟朋友一起鬼混。

事實上，我結交了一群朋友。我們會去翻垃圾桶找東西吃。我最好的朋友馬可是一個樂團的成員，他給了我一支金屬笛子。有時候我們會整晚都在玩音樂。附近的貓狗都會加入，他們會一起嚎叫。那實在很好玩。

總之，有天晚上我們正在嚼著雞骨頭，「喂，阿福，你想不想環遊世界？」馬可說。

「你說什麼？」我說。

「明天一早，有艘船要離開碼頭。上面都是音樂家和藝術家，還有馬戲團的人等等。我們可以跟著樂團一起去，環遊世界！」他說。

啊，聽起來真是最令人興奮的事了。媽媽跟我說過，她以前四處旅行，她年輕的時候也玩樂團。對啊，阿德，是真的喔！但是，後來她遇到爸爸，就沒再玩了。

我跟馬可說，我會考慮看看。他告訴我必須在日出之前就到碼頭。我走回我們的窩，你們四個擠在一起睡，看起來好溫暖、好舒服。我坐在那裡看著你們睡覺，就這樣過了一整夜。然後我寫了一張字條，跟爸爸、媽媽解釋這一切。我說，我想要出去探險，我很快就會回來。

隔天一早，我去了碼頭，看到馬可和他朋友走向那艘橘色大船。我永遠不會忘記，那裡有隻海鷗看著我們。他戴著船長的帽子，大口大口喝著一罐亮紅色瓶子裡的汽水。他還不停的喊叫，「笨蛋！笨蛋！你們這些笨蛋！」

嗯，那讓我有點緊張。也許我真的很笨？也許我太年輕了，不該去探險？

接著，發生了
超級瘋狂的事。那
隻戴著船長帽的海
鷗俯衝下來，降落
在我頭上，他開始
啄我的耳朵，「嗯，
香噴噴的耳屎！」
他還這麼說著。

　　我嚇壞了。我聽到大家在嘲笑我，因為我一
直團團轉著，想把他從我頭上甩掉。

　　最後我終於擺脫他，心想還好、還好，因為
那時候引擎已經發動，那艘船正慢慢離開碼頭。
我跳上甲板，船就開走了。呼！我鬆了一口氣，
而且踏上旅程讓我感到很興奮。

　　我開始找馬可和他朋友，但是到處都找不到
他們。事實上，過了一會兒，我才發現任何地方
都看不到任何人。那艘船空無一人，只有堆得到

處都是的貨箱。

　　我擔心得肚子開始翻攪，這不太對勁。我到處聞了一下，發現有個貨箱裝滿乾草和一堆香蕉。那時候我又餓又累，所以我就爬進去吃了點東西，然後睡了個覺。

　　當我醒來的時候，我看見一隻企鵝。

　　「啊！」我說。

　　「嗨！」那隻企鵝揮揮手說。

　　「你是誰？」我問。

　　那隻企鵝看了看自己的一隻翅膀，上面掛了一個橘色小標籤。

「我是354，」他說。「你比其他科學家小很多，而且毛茸茸多了，如果你不介意我這麼說的話。」

搞了半天，原來我上錯船了。

那隻海鷗把我弄得暈頭轉向，害我跑錯上船的梯板。結果，我和一群企鵝跟科學家，一起前往南極。

至於爸媽，嗯，我是聽別人跟我說，才拼湊起來的。顯然，他們讀到我留的字條，知道了我覺得很無聊又寂寞，他們感到很難過，決定在我離開前跟我談一談。所以，他們就把你們兩個塞

進一個背包裡，背著跑到碼頭。

這時候，我已經誤上那艘船，但是他們不知道啊。爸爸看到那隻戴著船長帽的海鷗，就問他有沒有看到狐狸上船。那隻海鷗當然說有。

「笨蛋！」那隻海鷗尖聲說，「他們都是笨蛋！」然後他用翅膀指向那艘橘色的大船。

爸媽跑上那艘船的梯板，然後登上了船。他們一定是找遍了整艘船。你們兩個就在爸爸的背包裡跟著上下跳動。

但是，接著……災難發生了！傳來一聲很響亮的**嗚——**，那艘船就要啟航了。爸爸慌了，跑下梯板，把你們兩個安全的放到地上，然後他又跑回船上找媽媽，而媽媽還在找我。但是，那艘船突然離開碼頭，開始移動。媽媽想也不想就跳進水裡，爸爸立刻跟著也跳進水裡。

（對不起，阿德，我可以再喝一點茶嗎？謝謝你了。）

　　他們一直拼命的游，試著要回到你們身邊。
人家是這樣告訴我的，我相信是真的。問題是，
狐狸本來就游不快，而且海水在他們四周翻騰。
後來，那隻海鷗告訴我說，他當時認為爸媽肯定
會淹死。幸運的是，馬可和樂團其他成員看到爸
媽，即時把繩子丟下海。爸媽沒有別的選擇，只
能抓住繩子，然後被拉上船。顯然，爸爸對著你
們兩個大喊了，不過我不知道他喊了什麼。然
後，那艘船就開走了。

「**照顧他，我勇敢的小狐狸**。」小蘭輕輕的說，「那就是他說的。」

突然，小蘭能聽到那一切。海鷗，海浪拍打船身，以及爸爸對她大喊。

「所以……爸媽被拉上船的時候，還活著嗎？」小蘭問。她的眼睛仍然凝視著火光。阿福說故事的時候，阿德已經窩到小蘭身邊，姐弟倆的尾巴把彼此裹得緊緊的。

阿福點點頭。「是啊。記得嗎，我不在那裡。但是有一隻船上的貓看到了整個過程，她跟她的朋友說的。貓界聊天八卦的內容，很快就會散播出來。」

「那你呢？你是什麼時候知道這件事？為什麼你現在才來找我們？」阿德說。

阿福從他的背心口袋拿出一張照片。

「最後，我在南極待了兩年。科學家們非常興奮，有一隻狐狸加入那群企鵝。其中有個科學家還寫了一本關於這件事的書。一等到有船要離開南極，我立刻就上船了，我等了好久才等到的。一回到大城，我衝回那個窩，但是你們已經走了。我到處打聽，才知道媽媽和爸爸的事。然後我發現這些明信片。而現在……我在這裡。」

　　大家都安靜了，很久、很久。

　　「真是太瘋狂了，」阿德說，「我不敢相信你竟然跟企鵝在一起！」

阿福微笑著。

「牠們超臭的，但是我們變成好朋友，」他說，「很奇怪的是，他們很會玩乒乓球。」

「我猜，你看起來**有一點點**像我。」阿德認真的看著阿福。

阿福對阿德脖子上的黑白圍巾點點頭。

「那條圍巾，是媽媽的圍巾。她一定是在離開窩那天，把它圍到你的脖子上。」

阿德驚呼一聲，眼睛睜大，接著他把臉埋進圍巾裡，深深吸一口氣，然後抬頭大大微笑。

「我一直都很喜歡聞這條圍巾的味道，現在我知道為什麼了！」

阿福輕輕笑了一聲，但是他又看看小蘭。小蘭低頭看著地上，一聲不吭。

「小蘭？」阿福輕輕說。

長長的沉默。

終於，小蘭說話了，聲音很奇怪、斷斷續續

的，最後變成啜泣。

「我們都還是狐狸寶寶，」她說，「小小的狐狸寶寶！」

「對。」阿福說。

「這都是你的錯！」小蘭說。

「是的，」阿福說，「這一切都是我的錯。小蘭，我真的很抱歉。阿德，對不起。你們可以原諒我嗎？」

世界排名第一的
點心！

起司球

第十五章
原諒

好。有人告訴我。上一章的結尾之後，我必須想出「好笑的部分」，因為實在是太多情緒了。但是，誰在乎我的感覺呢？我又不是機器！我可不是那種「演藝鼠婦」。

其實，你真的是啊。

誰說的？

呃，你就是啊⋯⋯演藝鼠婦。那就是你的工作。看，就寫在這張紙上。

你以為你是誰啊？

抱歉。我只是說說而已。

走開！這本書裡只能有一隻鼠婦，那就是我，OK？

OK，沒問題。抱歉打擾你了。掰掰。

我是說真的！這本書會被搞亂。

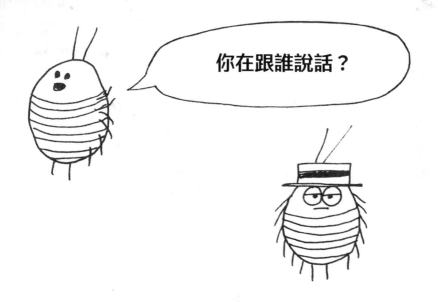

你在跟誰說話？

小柳坐在小池塘邊，愁眉苦臉。

「失聯很久的哥哥，哼，什麼笨蛋。」她在生悶氣。

「**呱，**」英格麗叫道，「小柳，怎麼這麼悶悶不樂？阿德呢？」

「哼，」小柳拔起雜草、丟進水裡，「他跟他的新哥哥阿福在一起，」小柳氣呼呼的說，「法蘭克說，我得要『給他空間』什麼的。無聊。」

「啊，我想法蘭克是對的。阿德很快就會回

來的。」英格麗說

小柳嘆了一口氣。

「對啊，應該是。但我還是想念他。」

「那麼，那個暴躁的姐姐呢？」英格麗問。

「噢，小蘭不會跟阿福一起的，」小柳說，

「這兩天她一直跟戴德斯和法蘭克坐在那，**超
級無聊、超級悶**。」

英格麗搖搖擺擺走向小柳，在她身邊坐下。

「小兔子，你聽我說。我一直在構思『瘋狂森林劇團』的新戲。有時候我覺得，這座森林已經忘記它有個最厲害的劇團了。」英格麗說。

小柳的耳朵豎起來。

「噢，英格麗！我和阿德很希望『瘋狂森林劇團』再次出發！」

「我需要幫手來寫一齣新戲，」英格麗說，「而且我認識那隻可以幫我的兔子。」

「誰？」小柳說？

「你啊！你這個笨蛋！」英格麗輕輕敲了一下小柳的頭。「查爾斯爵士和我對藝術創作的看法不同。等阿德家裡的事情平靜下來，我們再開始排練。好嗎？」

小柳跳了起來，開始在原地蹦蹦跳跳。

「好的，英格麗！千百萬個好啊！」

英格麗慢慢的眨了眨眼，這是她最接近微笑的表情了。

　　阿德從床上跳下來，把東西塞進他的背包裡，有毯子、一條乾毛巾、半塊肥皂。

　　「你不會要回去看那個……那個笨蛋？不會吧？」小蘭斥責他。

　　「對，小蘭，我要去找他。他是我們的哥哥。你也應該一起去。」阿德說。

　　阿德踩著腳離開狐狸窩。小蘭跟在後面。

　　「啊！我正好要找你們。」法蘭克說。

　　他給小蘭一杯咖啡。

　　「法蘭克，你們什麼時候要來看阿福？你會喜歡他的，真的！」阿德說。

　　法蘭克點點頭，看了一眼小蘭。

　　「孩子，隨時可以啊。反正，我已經從高高的樹上看過他了。」

　　小蘭沒辦法阻止阿德去看阿福，但是，為了安心，她已經請法蘭克密切觀察他。法蘭克交給

阿德一塊溫熱的麵包。

「這麵包是給你哥哥的。是戴德斯給的。」
法蘭克不好意思的說，他試著迴避小蘭不高興的
眼神。

「噢，他真好，」阿德笑開了。「阿福真的
要吃胖一點。小蘭，你有什麼話要跟他說嗎？」
阿德問。

小蘭說了一些話，但是太難聽了，所以還是
不要寫出來比較好。說完，她憤怒的搖著她的尾
巴，氣呼呼走了。

不過，阿德不會讓姐姐搞壞他的心情。他摘
了一束小白菊，輕快開心的前往怪獸坑。阿福待
在那裡，他不願意去瘋狂森林其他地方走走。他
在那棵大橡樹的樹枝之間，綁了一些髒兮兮的舊
毯子。阿德到達的時候，阿福正在悶燒的火堆旁
烤暖他的手腳。

「早安！」阿德輕快的說，「戴德斯要我帶

給你這塊麵包。而且，還有，這塊肥皂是我要給你喔！」

「啊，謝謝你，老弟。」阿福說，然後他裝作隨意看看四周。

「小蘭還是不太舒服，」阿德說。「但是，我想她很快就會來看你了。你看！我還帶了這些東西。」

阿德把花插進一個果醬罐，阿福狼吞虎嚥的吃著那塊麵包，幾秒鐘就吃個精光。

「哇！」阿德說，「你真的很餓哦。如果你跟我回去，戴德斯會做一大堆東西給你吃。而且你會見到晃頭，他真的很有趣，你還會見到小柳……」

阿福笑了。

「我知道，她是你最好的朋友。噢，我真的很想見見他們，但是我得尊重你姐姐的心情，你懂吧？我害你們兩個吃了很多苦。」

阿德走到阿福身邊，一屁股坐下，拿出他的筆記本。

　　「我已經列出好幾個問題，關於媽媽和爸爸。而且，我還有一連串問題，關於你。然後，有二十個關於我本人阿德的事情要告訴你。」

　　「哇，這是快速建立關係的概念嗎？」阿福說。

　　「沒錯，就是這樣。」阿德說，「我們必須彌補以前錯過的時間。還有喔，我帶了一支梳子給你。你說話的時候，我幫你梳毛好嗎？」

「你真棒。」阿福說。

「對啊！」阿德笑開了。

我不知道啦，這些新角色是怎樣？為什麼不要只寫那些經得起考驗的舊角色呢？例如你的好朋友，小不點艾瑞克。我的意思是──我們並不需要另外一隻鼠婦。

你這樣說，我沒辦法不介意喔。

戴德斯擔心著他露營車外面的草地，小蘭一直在那裡走來走去，地面都被她踩得長不出草

了，現在是一片光禿禿的黃土。

「**噢嘎！**我來讓難過的狐狸高興起來囉！」趴踢烏鴉夏倫大叫。她在小蘭頭上放了一頂派對帽，並往她臉上吹了些泡泡。「跳康康舞的時候，就不可能會難過了，對吧？」

小蘭扯掉派對帽，然後用力踩它。

「好吧，下次好了。**噢嘎！**」

夏倫自己無聲的跳著康康舞，一邊往後退出戴德斯的院子。

戴德斯從他的露營車裡探出他的鼻嘴，一臉充滿期待。

「不錯的嘗試，戴德斯。」小蘭說。

「噢，真是的！我只是想讓你開心一點嘛。小蘭，我們到底該拿你怎麼辦呢？」

「唔。也許，她可以去拜訪一下她的哥哥？」法蘭克懶洋洋的躺在一棵山毛櫸的枝幹上說。

小蘭往他頭上丟了一顆馬栗。

「幹麼這樣？」法蘭克拍拍翅膀，「你再繼續這樣下去好了。真的愈來愈無聊了。」

「我為什麼要原諒他？」小蘭怒氣沖沖說，「他不在乎我和阿德！為什麼他沒有早點來找我們？」

法蘭克飛過來，坐在戴德斯的大鹿角上。

「嘿，他當然在乎，不然他根本不會來找你

們。」他說，「而且，如果你不跟他說話，你永遠不會知道其他那些問題的答案，不是嗎？」

戴德斯點點頭表示同意，結果讓法蘭克掉了下來，跌到巧克力奶油餅乾的盤子上。

「我還記得，」從戴德斯的鼻嘴掉下一些餅乾碎屑，「兩個年幼訪客，一路挖到瘋狂森林來，完全在我們意料之外。我們不知道會怎麼樣，但是，噢，我好高興能認識他們。」

小蘭翻了個白眼。

「你是在說我跟阿德，對吧？」小蘭口氣很衝，「不要再讓我有罪惡感了。」

「其實，我是在講薩米娜跟傑夫啦，兩隻非常有魅力的蚯蚓。但既然你提到了，沒錯！你跟阿德受到我張開雙蹄歡迎！你至少也給阿福一個機會吧？」

小蘭往樹幹上打了一拳。

「哎呦！」那棵樹說。

「對不起，但是我對他實在太氣了。」小蘭說。

「那就去告訴他啊！這樣你心裡才不會那麼糾結。」法蘭克說。

小蘭又朝他丟了一顆馬栗。

「好了啦，明智的老貓頭鷹。」她說。

「喂，這可是可汗醫師要我說的。不過，我也覺得這是個好主意。」法蘭克說。

第十六章
結局

　　傍晚，阿德與阿福已經聊了一整天。法蘭克一直偷偷觀察，而且在阿德的要求之下，還飛到閃光森林的水晶湖，運來一桶乾淨的清水。阿福用肥皂在水裡唏哩嘩啦的洗了一陣子，再加上阿德用梳子幫他刷毛之後，阿福看起來還不賴。

　　阿福吃著克林姆麵包，這已經是當天他吃掉的第十一個了。「這個戴德斯真的很會烘焙，你

能在這裡生活真好。」

「我好希望媽媽和爸爸從來沒有離開。」阿德懷著戀慕之情說。

「唉，他們當時想的是，怎麼做最好。」阿福說。「現在這裡已經沒有人類騎著馬四處亂跑了嗎？」

阿德搖搖頭。

「沒有。現在人類是把東西丟到這裡來，像那些輪胎。」

阿福顫抖起來。

「他們太可怕了。那天晚上，我看到你盯著我看。」阿福說。

「你那時候為什麼不說話呢？」阿德說。

「我想，我是太緊張了。就像你姐姐吧，她很難相信我是誰。當時如果我像個怪獸那樣，從那些輪胎裡跳出來，她一定不會相信我。」

瘋狂森林裡的光線呈現溫暖的金黃色，兄弟

倆開始收集木材給阿福燒營火。

　　「阿德，你還是在天黑之前回去找你姐姐吧。」阿福說，「我不希望她更討厭我。」

　　「噢，真是的。」阿德說。不過，他開始收拾東西，準備離開。「我想，你說得對。不過，至少我不用再擔心什麼大腳怪了。」

　　阿福站起來，緊緊抱了阿德一下。

　　「幫我跟小蘭問好。」阿福說。

　　「你自己來跟我說。」有個飽含著怒氣的聲音出現。

　　「小蘭！」阿德歡呼著跑到姐姐身邊，小蘭大步走向他們。

　　阿德把小蘭拉到營火邊，然後就站在那裡，開心的看著哥哥和姐姐。

　　「阿德，你去找你的小兔子朋友玩一會兒，」小蘭說，「她想念你。這幾天她一直念、一直念，

念到大家耳朵都痛了。」

「噢！但是，我想跟你們在一起啊！」阿德的尾巴因為失望而垂了下來。

阿福對阿德眨眨眼睛。

「快去啊，明天再來找我，好嗎？」

「好吧……」阿德嘆了一口氣。他看得出來，小蘭和阿福需要一點時間獨處。

阿福看著阿德開心踏著輕快腳步往兔兔村走去，「真是個很棒的小傢伙。」他說。

「是啊，他最棒了。」小蘭說。

阿福在一截木頭上坐下，示意小蘭也坐下。他緊張的咳了幾聲。

「我知道，我們之間有很多話要談，」阿福搔搔耳朵，「有很多事情要跟你解釋，我一定會跟你解釋的，但是……呃，阿德跟我說了你做夢的事。」

小蘭皺起眉頭。

「嗯，對啊。那些夢，現在我比較知道是怎麼回事了。我猜啦。」小蘭喃喃的說。

阿福拍拍他的背心口袋，拿出一支金屬小笛子。

「我想你可能會想聽些東西。」他說。

阿福呼了幾口氣把灰塵吹掉，然後開始吹奏一首曲調。他看著小蘭，看看她是否聽得出來。

小蘭的毛都豎起來了。

「就是它！」她低聲說，「就是這首曲子……我在夢中一直聽到的！」

阿福笑開了。

「阿德說，你記不得最後幾個音符。我再吹一次。」

阿福演奏的時候，小蘭閉上眼睛。她有一種奇妙的感受，好像音樂從她耳朵裡進入，在她身體裡散開一陣暖流。她把掌心貼近胸口，感覺自己的心跳。

「以前，每天晚上我們要睡覺之前，媽媽會唱這首曲子給我們聽，這是她自己編的。這是我自己學會吹奏的第一首曲子。」阿福輕輕說。

小蘭沒有說話。她躺在營火旁一截木頭上，嘆了一口氣。

阿福笑開了。這是第一次他看到小蘭放鬆的樣子。

「那我再多吹幾次。」他說。

阿福一次又一次吹奏，直到夕陽西下。小蘭進入沉沉的夢鄉，她從來沒有睡得這麼熟。

戴德斯用叉子敲了敲一個插滿花朵的果醬罐。戴德斯桌上的這些插花果醬罐是阿德布置的，因為這是一個特別的場合。

「噢，不會吧，」英格麗說，「為什麼他一定要發表演講呢？我說啊，這場合應該讓我們專業的來。」

「親愛的，就讓他有個機會嘛。」查爾斯爵士說。

「朋友們！」戴德斯用手帕按按嘴角，「這不是太棒了嗎？感覺上好像才是昨天，我們迎接阿德和小蘭來到瘋狂森林，現在我們又迎接他們家族裡另一個成員，阿福！」

一陣歡呼聲、咕咕叫聲、呱呱叫聲。阿福臉紅了。

　　「其實呢，」戴德斯繼續，「我們應該說，歡迎回來。因為阿福本來就住在瘋狂森林，親愛的小蘭也是！」

　　有更多的歡呼聲響起。接著出現一個噎住的怪聲，那是因為潘蜜拉試圖吞下一整個果醬罐。

　　阿福站起來。

　　「萬分感謝大家，」他說，「讓我弟弟跟妹妹住進瘋狂森林，讓他們有一個她們應得的、充滿愛的家庭。」

「他是指我啦！」小柳指著自己的頭說，「充滿愛的家庭就在這裡，噢耶！」

小蘭朝她丟了一個司康，但是小柳非常專業的用嘴巴接住，喀啦喀啦的吞下去，還對小蘭比個讚。

「我想請大家舉杯，」阿福舉起自己的粉紅色檸檬汁說，「敬雷克斯與潔思。我們勇敢又慈愛的媽媽和爸爸，永遠在探險，不管他們在哪裡。」

「敬雷克斯與潔思！」大家都舉杯互相輕敲。

「**噢嘎！噢嘎！**來個瘋狂的迪斯可趴踢吧！」夏倫說。她一口氣拉響五個派對拉炮，使

得自己被震飛到半空中。

潘蜜拉開始用夏倫的 DJ 行動工作站播放幾首曲子。

「這個蠢地方，老是在唱歌跳舞。」英格麗抱怨說。

「噢，其實你喜歡對吧。」法蘭克一邊啄食烤馬鈴薯一邊說，「我們來跳支舞吧？」法蘭克伸出翅膀。

「不要。」英格麗說。

查爾斯爵士深情看著憤怒的妻子搖搖擺擺走向小柳。

「她真是絕世美人，對吧？」他嘆了一口氣。

法蘭克翻了個白眼。

小柳正忙著把新劇場計畫告訴阿德，她跟英格麗已經籌備了好一陣子。

「噢，小柳，我好期待啊！」阿德蹦蹦跳跳的，「你太棒了。對不起，這幾天我都沒有來找

你。希望你知道，我永遠是你最好的朋友。」

　　小柳笑了。

　　「說得好像我會很擔心似的。我好得很！而且，你的新哥哥洗過澡之後，看起來好像還不錯喔。」

　　「那你會不會很想再當怪獸獵人呢？」阿德問小柳。

　　「誰說我不幹了？」小柳眼睛瞪了起來，惡狠狠的說。

　　松鼠小紅大喊，她撲向一棵山楂樹的樹幹，

「跳～樹～啦！」

在半空中跟馬丁相撞，把馬丁那雙會發光的球鞋撞掉了，其中一隻鞋掉在夏倫頭上。「喲——呼——」夏倫尖叫，「誰把燈關掉了？黑漆漆的開趴時光，噢耶！」

「你不加入嗎？」阿福問小蘭，用手肘碰碰她，還對著跳樹的松鼠們點點頭。

「不了，吃太飽。」小蘭拍拍自己的肚子。

「我已經很久、很久沒有吃到這麼多東西了。」阿福說，「我從南極回來之後，你們都消失不見了，所以我就開始到處遊蕩。我不知道怎麼安排自己。我順著運河離開大城。跟你說，我再也不想吃魚了。」

小蘭笑了出來。

「我們還有很多要聊的。你會住在這裡一陣子嗎？」

「是啊。如果你不介意的話？」

「不會啦。」小蘭說。

「不想回大城嗎？」阿福問。

小蘭看著阿德與小柳在地上滾來滾去，松鼠在頭上飛來飛去，戴德斯和晃頭在躺椅上打盹。

「不了。我想我們是瘋狂森林的狐狸，對不

對？」小蘭說。

　　阿福點點頭，慢慢把手臂搭到小蘭肩上，而小蘭並沒有撥開他。

　　「是啊，」阿福輕輕摟了她一下，「我想我們是的。」

噢，我很喜歡快樂的結尾，你喜歡嗎？我真的覺得好像在坐雲霄飛車，情緒滿滿。我們都長大一些了，對不對？我可以從我的外骨骼感覺到。我成為更好、更聰明、更仁慈的鼠婦了！

要不要擁抱一下？

才不要，
走開啦！

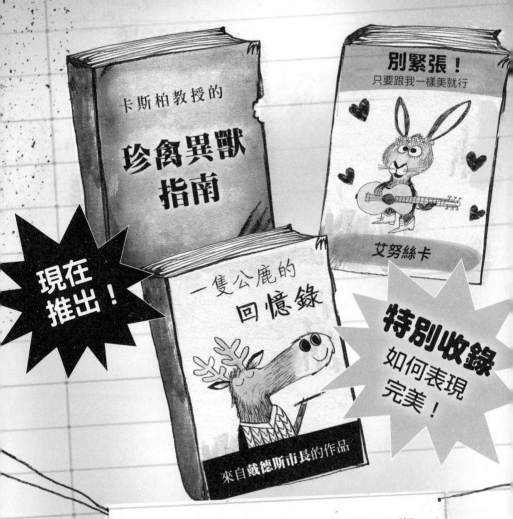

卡斯柏教授的

**珍禽異獸
指南**

別緊張！
只要跟我一樣美就行

艾努絲卡

一隻公鹿的
回憶錄

來自戴德斯市長的作品

**現在
推出！**

特別收錄
如何表現
完美！

開始預購！出版時間……可能遙遙無期。

法律界的鼠婦警告！
法官大人艾瑞克先生在此提醒，以上這些書其
實是虛構的，並不存在真實世界，這些書是買
不到的。我會把這些壞蛋關進監牢，他們會在
裡面好好反省自己做錯了什麼。謝謝。

真正存在的書！

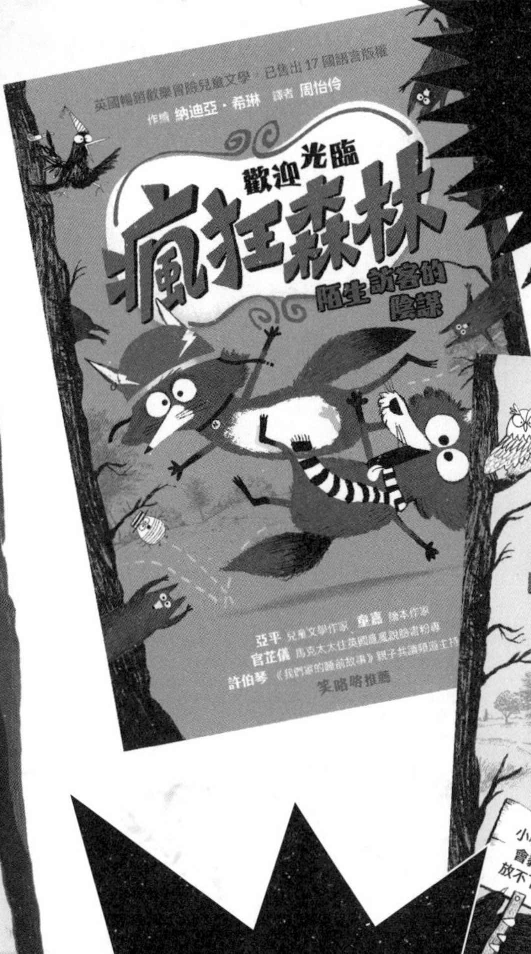

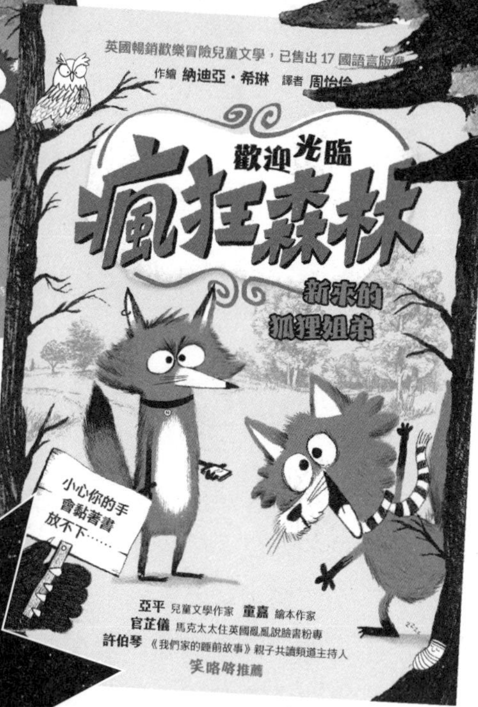

這些才是你真正想要的！

請現在就買。

納迪亞・希琳 NADIA SHIREEN

暢銷作家及插畫家，創作爆笑有趣的兒童小說及圖畫書。
她的作品《好小狼》（中文暫譯）、《啊！我要爆炸了》獲
得英國讀寫學會推薦圖書獎（UKLA Book Award）。她曾
入圍羅德達爾搞笑文學獎、水石童書繪本大獎，並且是
英國圖書基金會（Book Trust）駐站作家和插畫家。《歡
迎光臨瘋狂森林》是給中高年級讀者的故事系列，入圍
布蘭福德博斯獎（Branford Boase），世界讀書日讀者獎
（Books Are My Bag）、爆笑書獎（Laugh Out Loud Book
Awards）。納迪亞住在英國薩賽克斯郡。

歡迎光臨瘋狂森林 3：臭臭怪獸入侵！

作繪／納迪亞（Nadia Shireen）
譯者／周怡伶

總編輯／陳怡璇　副總編輯／胡儀芬　文字校對／莊富雅　美術設計／吳孟寰
出版／小木馬 / 木馬文化事業股份有限公司
發行／遠足文化事業股份有限公司（讀書共和國出版集團）
地址／231 新北市新店區民權路 108-4 號 8 樓
電話／02-2218-1417
傳真／02-8667-1065
Email／service@bookrep.com.tw
郵撥帳號／19588272 木馬文化事業股份有限公司
客服專線／0800-2210-29
印刷／漾格科技股份有限公司

2023（民 112）年 11 月初版一刷
定價 360 元
ISBN 978-626-97751-9-4

有著作權‧翻印必究
特別聲明：有關本書中的言論內容，不代表本公司／出版集團之
立場與意見，文責由作者自行承擔。

國家圖書館出版品預行編目 (CIP) 資料

歡迎光臨瘋狂森林 . 3, 臭臭怪獸入侵！/ 納迪亞 . 希琳 (Nadia Shireen) 作 . 繪
; 周怡伶譯 . -- 初版 . -- 新北市 : 小木馬 , 木馬文化事業股份有限公司出版 :
遠足文化事業股份有限公司發行 , 民 112.11　256 面 ; 15X21 公分　譯自 :
Grimwood : attack of the monster ！ ISBN 978-626-97751-9-4(平裝)

873.596　　112017813